今天如何读经典

刘　勇　李春雨◎主编

人间浮萍

今天如何读萧红

刘勇　汤晶　著

中国人民大学出版社

·北京·

目 录

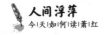

苦难铸成的文学

萧红，仅仅活了短短的31年，盛年而殁，却在中国现代文学史上留下了《生死场》《呼兰河传》《马伯乐》《小城三月》等名篇，成为一位独特而不可复制的现代文学作家，被誉为"中国20世纪30年代文学洛神"①。如今，萧红离开我们已经80多年了，但我们依然在阅读她的作品、依然在谈论她的人生。今天我们再读萧红，是因为她作品中独立的思想，也是因为她的敏感与不幸；是因为她作品中稚拙的表达，更是因为她的孤独与忧愁；是因为她作品中犀利的笔锋，同时还因为她的怨恨与不甘；是为了走近她敏感细腻的精神世界，为了在她

---

① 杨义在《中国现代小说史》中，对萧红作过这样一段精彩的阐述：萧红是30年代的文学洛神。她是"诗之小说"的作家，以"翩若惊鸿，宛若游龙"的笔致，牵引小说艺术轻疾柔美地翱翔于散文和诗的天地。

充满灵性的作品中感受命运的苦难与生存的价值。我们阅读萧红、谈论萧红，归根到底，阅读和谈论的是文学与人生的根本关系。

萧红31年的人生是曲折迂回、坎坷多艰的31年。很多人的100年都只是一根平直的线，萧红仅仅31年的人生却已经给我们留下无数值得回味和思考的人生问题。萧红是一位有着壮士心、女儿情、孩子气的作家。萧红的一生，是饥饿与苦难如影随形的一生，是借笔刻字、以字写命的一生，也是在流浪中不断用生命成就文学的一生。萧红的人生与创作受到海内外学者和读者关注，让我们感受到中国现代文学的丰富性。1995年，在萧红诞辰纪念日前夕，联合国教科文组织给萧红的故乡呼兰发去信函，称"萧红是世界当代优秀女作家"[1]。

萧红是谁？作为一位传奇的作家，在荧幕上，在剧场里，人们扮演过萧红，极力演绎她的一生。但萧红的扮演者们有一个共同的特点：她们太靓丽了，她们都不是萧红，萧红没有那么靓丽，却比她们复杂、丰富、深沉，特别是比她们痛苦。可以说，萧红一生的成败都来自痛苦。萧红是一个故事很多的人；萧红是一个很孤独的人；萧红是一个朋友很多的人；萧红是一个典型的作家胚子；萧红是一个充满"恨"的人；萧红是

---

① 章海宁.萧红："超越时间与空间存在于世".（2021-08-11）[2023-07-10].https://m.gmv.cn/baijia/2021-08/11/35070624.html.

一个一路坎坷的人……萧红一生在时代的苦难和个人情感生活的波折中备尝艰辛，一生在颠沛流离中行色匆匆，可她手中的笔也因此浸满苦难、满含生命之气，笔下的文字就像广袤而葳蕤的原野一样，气贯长虹。萧红一生命运坎坷：逃婚、被家族开除族籍、复杂而纠葛的感情，在战乱年代颠沛流离，最终凄凉死去。萧红一生的苦难具有终生的创伤性，因而在她的笔下，她对粗糙而残酷的生存现实、难以为继的生活现状和粗鄙卑微的灵魂有着深入的体察和感受。

萧红是一个特殊的女人，这种独特性和复杂性也造就了她作为作家的特殊性。萧红是东北作家群的一员，但又超越了东北作家群的群体特征。东北作家群带来的是一股清新而狂野的雄风，而萧红是其中个性最为鲜明、风格最为独特的一位。萧红的创作具有左翼文学的特质，但又超出了左翼文学的范畴。萧红是一位女作家，具有女作家的细腻和敏感，但又超越了女作家的共性，更具有粗犷、青涩、孤独的特有个性。萧红之所以在文学史上有其重要地位，自然与左翼作家、东北作家群成员、女作家的身份等有关，但更与超越这些身份的价值有关，更与她自己独特的风格魅力与人格魅力有关。这印证了一个重要观点：作家的价值不属于类型，永远属于自己。今天我们再读萧红，是因为她作品中独立的思想，也是因为她的敏感与不幸；是因为她作品中稚拙的表达，更是因为她的孤独与忧愁；

是因为她作品中犀利的笔锋，同时还因为她的怨恨与不甘。骆宾基在《萧红小传》中强调，"她真正孤独地面对着社会了。和社会接触了，她感到那敌对的阵营是广大的，所有那些奇怪地注视她的眼光、所有那些轻蔑与怜悯都同样地损伤她，都同样证实她的孤立"①。萧红生活在一个任何思想都能够迸发出来的文学时代。我们今天来读萧红，越读越会发现萧红的文学世界的确非常丰富，萧红是难以归类的。曾经我们只是把萧红放在"左翼文学"这样一个大的框架里面去认识。实际上，萧红的文学世界远远比我们所理解的更加丰富。萧红的文学世界非常广阔、最具文学精神也最触及文学本质。萧红的文学世界中有很多关键词，比如说生存、民族、女性、饥饿、自由、诗性……这些都涉及文学的本质，而绝不仅仅是一种简单的文学个性。我们在讨论文学的时候，不能仅从文辞上去讨论，因为这样会忽略真正具有文学本质的东西。文学的本质应该具有穿越时空的永恒意义——对于人类永恒困境的描写和对于人类精神永恒的提升。而这种文学本质的东西，在萧红的身上表现得非常突出。萧红无法归类，不可替代，不能重复。她的文字自带光芒，看上去很直接、明了，但特别传神。萧红在每一种文体上都有自己的写作思考，她绝大多数散文都可以作为

---

① 骆宾基.萧红小传.哈尔滨：北方文艺出版社，1987：26.

她的自叙传来认知，但她的小说又不是这样，她的小说带有非常明显的民间色彩与深刻的悲悯。在萧红的文学世界中，我们能看见那些很小、很卑微的人，看见萧红对他们深刻的体恤与同情。

遭遇痛苦与沉思痛苦，萧红一生的成败都在于此。大概没有一位女作家经历过萧红如此大、如此多的痛苦，尤其和冰心这位一生写爱的百岁老人相比，萧红一生都没和半个爱字沾边。现当代女作家对爱的书写是有变化的，冰心写"母爱是伟大的"，而对萧红来说，她的母爱连一半都没有。虽然萧红仅活了31岁，但她的痛苦铸就了她文字巨大的穿透力和震撼力。萧红的人生充满了坎坷，充满了怨恨。萧红故居内有一幅她的人生旅途行走图，短短的人生经历了寂寞孤独的童年、漂泊流浪的生涯、辗转波折的爱情、寂寥凄凉的逃难。谈起萧红作品中耳熟能详的句子，有人会想起"在乡村，人和动物一起忙着生，忙着死"①，或者是"女性的天空是低的，羽翼是稀薄的，而身边的累赘又是笨重的"②。但是，也许最接近萧红自己生命体验的，应该算是《沙粒》中的一句"我的胸中积满了沙石，

---

① 萧红.萧红全集：呼兰河传.武汉：华中科技大学出版社，2015：64.

② 骆宾基.萧红小传.哈尔滨：北方文艺出版社，1987：73.

因此我所想望着的：只是旷野，高山和飞鸟"①。胸中积满的沙石与不肯放弃对旷野的遥望，或许是萧红一生备受桎梏的现实境况与遥不可及但始终不肯放弃的某种坚守。就像萧军描述他在东兴顺旅馆第一次见到萧红时的景象："在现实中，她被囚禁在封闭的陋室，举目无亲，遭受着怀孕和饥饿的痛苦，而在精神上，她仍拥有一个自由超然的国度：她作画、素描、书法并渴望读书。"②萧红的痛苦造成了她性格上的过度敏感，痛苦也带来萧红性格上的冷漠和拒绝，端木蕻良曾回忆道："萧红她确实有些独特的爱好，比如她挺喜欢看水母，买回来搁在玻璃缸子里养着观看，欣赏它游动，好像在感受什么；她还喜欢看萤火虫，很注意环境里的一些小生命。"③可以看出萧红性格中敏锐的触角和孤独的沉思，这种"感受什么"便是萧红尤为重要的生活和写作方式，她重感受，重视自我与世界的碰撞和摩擦。这样性格的萧红实际上没有太多真正的朋友，丁玲就曾说，很多人不喜欢萧红，不喜欢她的性情。痛苦成就了萧红的文学，痛苦也让她的性格过于自我、过于孤寂、过于郁闷，形

---

① 萧红.萧红全集：八月天.武汉：华中科技大学出版社，2015：29.

② 孟悦，戴锦华.萧红：大智勇者的探寻//章海宁.萧红印象·研究.哈尔滨：黑龙江大学出版社，2011：7.

③ 张国祯.访端木蕻良谈萧红后期创作.现代中文学刊，2021（6）.

成了与他人的隔阂。

怨恨，是萧红特有的审美情绪。对于一位作家而言，其创作无非来自两方面的动力：一是得到的太多；二是得到的太少，甚至从来没有得到过。萧红的笔下多是人艰难的生、痛苦的死，一点遮拦、一点修饰也没有地去写。从《生死场》《商市街》，再到后来的《呼兰河传》，她以自己纤细柔韧的笔尖，记录了一个时代，以及时代当中的种种人物，下至乞丐马夫，上至达官文人，也包括她自己的童年记忆，青少年时对底层生活、阶级差异的自觉观察与天然怜悯，因抗婚而致的种种变故坠入生活底层之后，对贫、病、寒、饿的亲身体验和真切描写，也包括她与爱人萧军的真情与怨隙。没有那些文字，也就没有历史上的萧红；没有那些文字当中所描摹的人物与时代画面，也就无法真正展示出那个时代中的萧红，无法真正展示出她的困境和她的独特魅力，无法真正展示出一个时代的饥饿、寒冷与挣扎。在黑龙江哈尔滨以北100多公里的呼兰县，萧红故居始终游人往来、络绎不绝，甚至很多外国友人也来参观。大家来看的究竟是什么？这样一位中国女作家有什么值得看的东西？她的人生有多传奇？归根结底，吸引人们来到萧红故居的，是萧红留下的文字，是文学的魅力让人们跨越时空，仅为在这里站一站、看一看、想一想：100多年前的萧红是如何诞生在广袤的东北大地，又是怎样走出了黑土地流亡四方，而

她的文字记录下了一个中国女作家苦难、挣扎和孤绝的一生，写下了20世纪初中国女性、中国人民经历的坎坷和动荡，甚至力透纸背于人性的幽微和深刻。在萧红的文字中浑然兼备了男性作家的力量和女性作家的细腻，极具大美和大气场的穿透力，这是今天我们依旧要读萧红的原因。

敏感，造就了萧红独特的文学感受与文学表达。"呼兰河女儿"萧红有着"天真"而多舛的一生，她早期没有受过那种严格的现代教育，可是她衔接了中国古代文学非常好的传统，她以自己敏感的生命捕捉力和审美经验捕捉到存在的隐秘。其实，她表现的是一个被囚禁在现代生活困境里的人如何反抗这种绝望、反抗这种奴役的生活，她呈现出个体的生命与命运之间的复杂关系。所以，她这个命运超出了意识形态的范围，更有深广的延伸性在里面。这是萧红今天被我们不断言说、不断叙述的很重要的原因。相比同时代的其他新文学作家，萧红的文学功底不算最深厚的那一批。在萧红身上，我们追问这样的问题：什么样的人能成为作家，什么样的人能成为独特的优秀的作家？萧红是一位天生的作家。天赋型作家既具有更加敏锐的生命体验，同时对生活细节有细腻独到的把握，对语言文字往往还具有创新性的使用灵感，再把这三者用诗化的情思与想象力完美结合。萧红的吸引力在于她旺盛的生命力，包括情绪和才华，以及这种生命力的源泉：天籁与童真。萧红能将各种文体本能地混融，用精细的观察、直接和原始的方式倾注到描写对象身上，再使自己独特的个人风格喷薄而出。萧红创作超越时空的永恒价值，在于她以天才灵动的艺术直觉本真地展示了一种不加修饰的原生态世界。

萧红是向存在发问的作家，对人的生存状态有独到的观察与深度的思考。虽然萧红只活了短短的31年，她却拥有久远的生命力，这是因为她用短暂的生命思考了人类最深邃的问题：何为生存？如何生存？100年前的五四是一个充满焦虑的时代，生存的焦虑和文化的焦虑是五四兴起的重要动力。今天，国家发展了、富强了，人民幸福了、安康了，但我们就不应再有焦虑了吗？当然不是，没有焦虑就意味着停滞不前，就意味着失去危机感。阅读萧红的作品能够增强人们的忧患意识，甚至是苦难意识；能够不断地提醒人们历史上曾有过的惨痛遭遇；能够使人们深切感受人生的悲哀和生存的价值。

作家作品的艺术生命力，来自作家的创作才能和作品的内在底蕴。萧红的人生经历与文学才华让萧红拥有广大的读者。萧红不以"伟大"为书写目的，她的文学中也往往从别人不经意处落笔。萧红的文学来自她刻骨的生命体验，她是用燃烧生命的方式进行创作的。萧红对作家这一身份有着深刻而清晰的认识。1938年7月，萧红在一次座谈会上说："作家不是属于某个阶级的，作家是属于人类的。现在或者过去，作家们写作的出发点是对着人类的愚昧！"[1]萧红认为小说应有自己的小说学。小说不应该写得像巴尔扎克一样，或者像契诃夫一样，任何一位作家都有自己的小说风格。比如萧红，几乎每一篇都有自己的一个风格，都有变化。而即便是生活和漂泊在战乱时期的萧红，仍旧追寻着一个属于她的文学世界，一个剥离了诸多社会因素的、为人类而写的文学世界。随着时间的推移，萧红越来越受到学界的重视，越来越受到读者的喜爱，特别是年轻读者的喜爱，这就是一种文学生命力的体现。萧红是体验过彻底的饥寒交迫的作家，是对生存有过焦虑和痛苦的作家。没有焦虑就意味着停滞不前，就意味着失去危机感。阅读萧红的作品能够增强人们的忧患意识，甚至是苦难意识；能够不断地提醒人们记得历史上曾有过的惨痛遭遇；能够使人们深切感受人生的悲哀和生存的价值。

萧红是一位活在当下的作家。从21岁到31岁的10年间，萧红写下百万字的作品，文体涉及小说、散文、诗歌、戏剧和评论。萧红在家国破碎、山河沦丧的时代，超越了个人的苦难遭遇，以一种勇猛、怒吼式的文学，向生存和命运呐喊。萧红为我们创造了一个丰富的文学世界，她从北中国的土地上生长出来的文学有着旺盛的生命力。她的文学探索，面向对人性的

---

[1] 萧红.萧红谈话录（二）// 萧红全集：第4卷.哈尔滨：黑龙江大学出版社，2011：460.

追问、对人的命运的关注，这是文学永恒的命题。萧红的文学是她个人艰辛生活的见证，也是那个时代的女性对于国家、民族、人的精神的一份思想的贡献。这思想，是她于生死场上跋涉而来的。不同时代，不同人生阶段，有不同的痛苦和灾难；面对当年经历的人生痛苦与时代痛苦，萧红选择了与命运抗争、与苦难斗争的方式，这种精神到今天都值得我们每个人学习。我们处于高速发展的现代社会，万物互联改变着我们的生活方式，新冠疫情影响着世界的格局，当下的我们更加关注人与自然的关系，思索人类的可持续发展。萧红以人的生命价值为核心的文学探索触及文学的本质，萧红的人生也给我们启发，萧红富有生命力的文字具有穿透时空的力量。

萧红永远是一位活在当下的作家！

【我来品说】

> 1. 萧红的文学创作与她的人生经历、性格特征有什么关系？
>
> 2. 你怎么理解作家与生活的关系？

第一章 命定独行的一生

---- 导读 ----

　　萧红，原名张迺莹，*1911年6月1日*出生在黑龙江省呼兰县。萧红是一位苦命的女性，一生都在疲于奔命和动荡不安中挣扎，但却用顽强的抗争精神、卓越的文学天赋，给中国现代文学史添上了浓墨重彩的一笔，鲁迅先生说她是"当今中国最有前途的女作家"①。长的是磨难，短的是人生，这便是萧红的一生。

---

　　① 原文为："田军的妻子萧红，是当今中国最有前途的女作家，很可能成为丁玲的后继者，而且她接替丁玲的时间，要比丁玲接替冰心的时间早得多。"[斯诺.鲁迅同斯诺谈话整理稿.安危，译.新文学史料，1987(3)]

1911年6月1日，萧红生于黑龙江省呼兰县（现哈尔滨市呼兰区）城内龙王庙路南的张家大院。萧红乳名荣华，学名张秀环，后改名张迺莹。祖父张维祯，父亲张廷举，母亲姜玉兰。

"后花园"中短暂的童年

呼兰河是松花江的一条大支流，发源于小兴安岭西南侧，流经松嫩平原东部13个市县，在哈尔滨以下4公里处注入松花江。呼兰河因萧红的《呼兰河传》，从自然地理上的一条河流，流进了文学，也流进了千家万户。让全世界记住呼兰河的，是萧红的《呼兰河传》。呼兰河带着萧红的童年记忆、气质风格进入了文学的版图中。

萧红故居位于现今哈尔滨市呼兰区城文化路29号，占地面积7 125平方米，分东西两个院落。两院共有房舍30间，东院8间，西院22间。东院五间房后有一近2 000平方米的菜园，为省级文物保护单位。

与呼兰河边的童年最紧密的记忆，是萧红对祖父深远而长久的眷恋。萧红曾说："呼兰河这小城里住着我的祖父。"一座城对于萧红而言，最重要的是城里有一个重要的人。萧红祖父的慈蔼，让萧红一生都不断回忆和留恋着这样的时光。萧红家的大花园里有蜂子、蝴蝶、蜻蜓、蚂蚱等各种昆虫，就像鲁迅的百草园一样。因为祖父整天都在后园里，于是萧红也跟着祖父在后园里边。

祖父戴一个大草帽，我戴一个小草帽，祖父栽花，我就栽花；祖父拔草，我就拔草。当祖父下种，种小白菜的时候，我就跟在后边，把那下了种的土窝，用脚一个一个地溜平。哪里会溜得准，东一脚地，西一脚地瞎闹。有的把菜种不单没被土盖上，反而把菜籽踢飞了。[1]

百草园，是浙江绍兴新台门周家的一个菜园，也是作家鲁迅幼年时玩耍的地方。鲁迅曾写下散文《从百草园到三味书屋》，回忆童年的上学时光与在百草园中的美好过往。

后花园里的一老一小和泥土亲密地接触，祖父不会怪罪

---

[1] 萧红.萧红全集：呼兰河传.武汉：华中科技大学出版社，2015：213.

萧红的淘气和笨手笨脚，反而在这个过程中还和萧红聊起不同种子的特性，有时也让萧红来猜一猜那些不曾见过的植物是什么。祖父总是一边被尚且不懂很多作物知识的萧红逗得哈哈大笑，同时也一边耐心地告诉萧红作物真正的名称。"从祖父那里，知道了人生除掉冰冷和憎恶而外，还有温暖和爱。所以我就向着'温暖'和'爱'的方向，怀着永久的憧憬和追求。"①

一老一小，一位饱经世事沧桑的老人和一个对一切还充满新鲜感的孩童，在后花园里合成了一个短暂的美好的童年的梦。

只是天空蓝悠悠的，又高又远。

可是白云一来了的时候，那大团的白云，好像洒了花的白银似的，从祖父的头上经过，好像要压到了祖父的草帽那么低。

我玩累了，就在房子底下找个阴凉的地方睡着了。不用枕头，不用席子，就把草帽遮在脸上就睡了。②

---

① 萧红.永久的憧憬与追求//萧红文集.合肥：安徽文艺出版社，1997：187.

② 萧红.萧红全集：呼兰河传.武汉：华中科技大学出版社，2015：215.

很难想象，几经漂泊辗转的萧红，还能将童年的往事写得如此动人，有人说《呼兰河传》很少有父母的印记，但正是父母的缺席，恰好成全了《呼兰河传》，这里面没有最完整的童年，却让创伤中的萧红找到了最令人动容的童年，即便是早早就知晓"周围尽是些凶残的人"的萧红，也不免流露出了克制的温情。在回忆后花园的童年往事中，萧红也许再一次回到了一个天真烂漫的梦中，获得了短暂的休憩。就在有着蝴蝶、蚂蚱、谷子、倭瓜、小白菜、韭菜……的后花园里，萧红拥有了人生第一个新的世界，这个世界是无拘无束的，甚至可以肆意妄为；在这里，萧红和最湿润的土地亲密接触，和不同的植物近距离接触。对于孩童来说，自然界拥有生命的一切动植物，都是他们童年的玩伴，因为萧红和它们一样，幼小而充满探索的渴望，生命力旺盛地感受着这个世界。花花绿绿、色彩斑斓的后花园，给了萧红对自然的第一感受，而后花园中的自然也安抚了萧红的心灵，打开了她对周遭世界敏感的触角；重要的是，这段温馨而天真烂漫的记忆竟成为萧红苦难一生中最温柔和善意的时光。当萧红深陷战火中的香港、病痛缠身时，这些脑海中远去的记忆或许曾把她带回一个没有苦痛的世界，《呼兰河传》是萧红的告慰。

童年的萧红是敏感而细腻的，一方面有着小孩的天真，另一方面也用毫无保留的心思洞察着周围的一切。与祖父的柔

软与慈蔼不同的是，萧红的祖母更像是一位善于训诫调皮捣蛋儿童的大家长。萧红曾记得，为了纠正萧红爱捅破纸窗的"毛病"，祖母拿了一根针放在纸窗的外面，一次萧红手指捅破纸窗时，被针狠狠地扎了。祖母的劝诫方式让萧红很多年后还是很笃定地说出"我很不喜欢她"这样的话。祖母用最简洁也最粗暴的方式阻止了小孩子的淘气，但那伸出手就被狠狠刺痛的手指，让萧红对成人世界的"恶意"多了敏锐的痛感，这样的痛感甚至是伴随她一生的——对外在世界的防范和警惕。萧红记忆中的母亲也是 "夜里也是照样地喊，母亲吓唬我，说再喊她要打我"[①]。旧式家庭的教育方式有着积重难返的原因，但对于萧红这样天生敏感的人来说，足以造成影响其一生性格的心理创伤。女性长辈在萧红童年记忆中扮演着严肃甚至冰冷的家长角色，对于孩童的体认和理解不及祖父的万分之一，而正是因为这两种形象的并存，萧红用犹疑的眼光打量周遭世界的时候，内心深处也丢不掉对外在世界温情的渴望。萧红对于父亲则是从始至终的否定态度，甚至有些仇恨的心态。

　　九岁时，母亲死去。父亲也就更变了样。偶尔打碎了一只杯子，他就要骂到使人发抖的程度。后来就连父亲的眼睛也转

---

　　① 萧红 . 萧红全集：呼兰河传 . 武汉：华中科技大学出版社，2015：237.

了弯，每从他的身边经过，我就像自己的身上生了针刺一样；他斜视着你，他那高傲的眼光从鼻梁经过嘴角而后往下流着。①

　　成年后的萧红在回忆童年时，依旧保留了孩童最直接、原始的思维方式。在萧红的童年中，父亲的角色不是缺失，而是负面的典型。父亲的阴影伴随了萧红的一生。

　　不是每一位作家都有一座童年的后花园，而萧红的后花园尤为独特。萧红的人生就是在不断追寻和建设曾经的后花园，这源于萧红对温暖和爱的体验特别地敏感和强烈，萧红对爱的敏感体现在对缺少爱的时刻怀疑与渴望爱的时刻期待。这一方面源自萧红感受到的爱太过于少了，稀有的温暖对于一个天生敏感的人来说，足以让她刻骨铭心，甚至一生处在对温情的回忆中，饱尝人生的遗憾和无奈；另一方面，则是因为敏感的萧红感受到了截然不同、差异极大的两种情感——温情和冷漠、慈蔼和残酷同时降临在萧红身上，她一面厌恶和害怕严苛冷漠的成人世界，一面处于对稀少的温暖经久不息的回忆中，感受到失去的痛苦；加之在萧红身上的，还有残忍的家长式的行为暴力，这里的暴力不是说某一种确切的暴力行为，而是萧红家族中以严苛训诫和家长做派行事的长辈们给萧红造成的心理压

---

① 萧红.萧红全集：商市街.武汉：华中科技大学出版社，2015：265-266.

力。因此，萧红的孤独、倔强甚至不惜打破常规的反抗日益在内心积累。对于萧红来讲，童年里的后花园时期是人生中短暂而宝贵的时光，她曾用无须顾忌的儿童心态去拥抱过大自然，不需考虑大人的规范，不需在意训诫，也不需提防不知从何而来、何种方式的残酷惩罚。自由感受和生长，是后花园里独有的待遇。

梳理萧红童年中的几个关键人物，他们似乎就代表了两个极其相反的倾向，当然这其中也有敏感的人对某些情感容易放大的原因。萧红对温暖和残忍的行为感受都更深刻，或者说用更加关切的眼光去在意。对于敏感的人来说，疼痛的记忆更容易横亘在所有的记忆中，因此萧红在很小的时候就感受到情感的残酷与冷漠，在这一点上，萧红与鲁迅有相通之处。萧红记忆中的祖父是那么完美而温柔，祖母、父亲、母亲则是那么冷漠而狠心。萧红一生在情感上的不安，来自童年严重分化的情感体验。而逐渐长大的萧红，性格中滋生了最为独特的气质：反抗。萧红最早也是最大的一次反抗，就是反抗为还上初中时的她就定好的包办婚姻。1930年，19岁的萧红奋力逃脱包办婚姻，从家乡呼兰县城一路逃到哈尔滨。萧红选择了离家出走，与她同行的是叔伯姑姑的儿子陆振舜。他们来到了北平（即今北京），萧红就读于女师大附中。但因为家里不再提供任何经济来源，迫使萧红不得不于1931年1月返回家乡。在这一次出走和返回的波折中，萧红在闭塞的呼兰小城引起了不少关注，父亲宣布开除萧红族籍，断绝父女关系。她回到家不久，就被囚禁在更为闭塞的伯父家。在长达十个月的软禁中，萧红再一次逃离了呼兰，此后，她便再也没有回到过这片曾经哺育她的土地上。然而，萧红的突围是从一种危机进入了另一种危机之中。

包办婚姻指男女双方不是基于自愿结合，而是由第三者（包括父母）违背婚姻自由的原则，包办他人的婚姻行为，是封建婚姻制度的主要形式和重要特点，以门当户对为基础，以父母之约、媒妁之言为条件和途径，而婚姻当事人间往往缺乏感情。

许多研究者都注意到了萧红的反抗：不平凡的人生经历的反抗、情绪和思想上的反抗。但值得追问的是：萧红的反抗究竟是为了什么？反抗给萧红带来了什么？

萧红的反抗最初是一种长时间压抑的发泄，但这不是简单的情绪宣泄，而是在极大的生存压力下，面临生存危机的情况下，选择了逃离。与其说萧红是受到了五四风潮的影响，不如说萧红是借助五四新文化的风潮，对长久压抑的儿童脆弱

情感做了一次释放。萧红为什么要逃离包办婚姻，不是因为包办婚姻的对象，而出在"包办"两个字上。与其说萧红的逃婚是一种女性的觉醒，不如说萧红的逃婚是自我的觉醒、对自我的捍卫，不论这样的自我是什么样的，捍卫自我的重点是捍卫行为本身。而萧红做出这一切的动机在于，在萧红的童年经历中，萧红对亲情的期待与温暖的亲情的缺失之间，有着巨大的鸿沟；萧红在情感的冰冷鸿沟中，选择了自我防卫。有学者就曾指出，萧红从祖父这样的祖辈男性那里得到了许多溺爱与保护，又从父亲那里受到了太多的冷落乃至萧红眼中的侮辱，这种反差直接造成了萧红对于男性的认知偏差。一方面，萧红对于男性有着无法摆脱的依赖性；一方面，萧红又有着当时一般女性所没有的对于尊严的极度维护和遭受不公平待遇时的激烈反抗。而萧红的离家出走，可以看作对男性权威的反抗，同时也是对自我感情的正当防卫，这一举动是萧红对两种男性第一次表明自我的态度。萧红的反抗是为了弥补自己内心情感的缺失，是保护自我的一种方式。

步履匆匆：跋涉与流亡

　　萧红短暂的一生，反反复复、来来回回去了11个地方：呼兰、哈尔滨、青岛、上海、东京、北平、武汉、临汾、西安、重庆、香港。从北到南，从中国到日本，再返回中国。萧红无时不是在漂泊、无处不是在辗转，和每一座城一样，充满着悲伤。虽然五四一代人的足迹同样是辗转不定的，但萧红的辗转带有更多漂泊的意味，甚至可以说萧红前半生是在流浪，后半生才是在漂泊，这其中有着极为曲折的求生历程。更为重要的是，萧红没有一个可以回得去的故乡、一个足以抚慰人心的城市或地点。如果探究一下萧红对不同地方是否存在情感上的依恋，可以得出的结论是：萧红与这些地方的关系是隔膜的，萧红扮演的是局外人的角色，萧红对这些城市的记忆是自己在这些城市中感受到的生

1936年萧红在东京

存危机和破碎的情感体验。

如今的萧红故居内有一幅她的人生旅途行走图。短短的人生中，她走过了那么多地方，从一个异乡到另一方陌生的土地，今天不知道明天的落脚之处。这幅图让人们瞬间明白了什么叫作"步履匆匆"！萧红常以无家人自称，在组诗《苦杯》中说："我没有家，我连家乡都没有。"①在散文《失眠之夜》中又说："虽然那块土地在没有成为日本的之前，'家'在我就等于没有了。"②正因为萧红拥有寂寞孤独的童年、漂泊流浪的生涯、辗转波折的爱情、孤独凄凉的逃难，才使她对人生的苦痛有着深刻的体悟，并且能以一种开阔的悲悯胸怀关注并思考人的生存境遇和生命意义，才使她能够绘出"北方人民的对于生的坚强，对于死的挣扎"③。也正是在这一点上，萧红的作品拥有足够的人性深度，其悲剧意蕴具有了久远的魅力。

1927年，萧红第一次离家到哈尔滨。萧红小学毕业后想继续读书，但她的父亲不允许。在萧红的商量、哀求之下，依旧行不通。萧红以不读书便出家为尼要挟，她父亲这才妥协。1927年，萧红正式告别呼兰来到哈尔滨，就读于东特女一

---

① 萧红.萧红全集：八月天.武汉：华中科技大学出版社，2015：23.
② 萧红.萧红全集：商市街.武汉：华中科技大学出版社，2015：276.
③ 鲁迅.《生死场》序//萧红.萧红全集：呼兰河传.武汉：华中科技大学出版社，2015：3.

中（东省特别区区立第一女子中学），开始了她的中学生活。
1930年，萧红为了逃脱父亲给她的包办婚姻，和她青梅竹马的
表哥陆振舜逃到北平。不久，家人断了萧红和陆振舜的经济来
源，两人不得不回到呼兰。这是萧红的第一次逃离和出走，经
历了订婚、悔婚、出逃北平、重返呼兰后，从此她就一直处于
逃离和漂泊状态。空间上的不停变更其实也是内心的不断游
移。萧红带着反抗和期许不断变更行迹，也在不断的人生起伏
中渴望一种安稳和停息。但她始终在路上，离她的故乡越来
越远。

　　1930年10月起，萧红在东兴顺旅馆被困了约一年的时间。
"这边树叶绿了，那边清溪唱着——姑娘啊，春天到了。……去年
在北平，正是吃着青杏的时候；今年我的命运，比青杏还酸！"①
萧红在东兴顺旅馆因为交不起房租而被扣留和威胁的时候，她
写了这首诗，同时她给《国际协报》副刊的编辑裴馨园写了一
封呼救信。很快，她就得到了援助。这样的举动，都可以让人
看出萧红在思想和行为上与传统女性的不同之处；并且，萧红
对于当时的文人，或者说进步青年之间的互助是抱有希望的。
也是在这一次的求救中，萧红认识了萧军。萧军的出现，最开
始不是爱情上的，而是生存上的，进而是文学上的，在面临相

---

　　① 萧耘，建中.萧军与萧红.北京：团结出版社，2003：4.

似的生存危机与共同的文学追求情况下，才有了爱情的出现。因此，萧红最初的这段感情，可以看作复杂的历史情景下，各种情感的复杂交织；这份感情有着捉襟见肘的窘迫，也有着侠义相助的浪漫。之后，萧红和萧军住进了一家白俄经营的欧罗巴旅馆，在现在的哈尔滨市道里区西十道街10号，夹在尚志大街和中央大街之间。在欧罗巴旅馆中，萧红创作了大量的散文，在这些散文中，萧红以亲身的经历诉说着生存的重压、生存的艰难、贫困的煎熬，淋漓尽致地描写了肉体上的极度饥饿。"除了一张床，地下有一张桌子，一张藤椅。离开床沿用不到两步可以摸到桌子和椅子。开门时，那更方便，一张门扇躺在床上可以打开。住在这白色的小室，我好像住在幔帐中一般。"[1]1932年11月至1934年6月，二萧又搬到商市街25号，萧红的散文集《商市街》中对此有大量记述。那时，他们两人在哈尔滨，吃黑列巴蘸盐，喝白水，体会到极度的饥饿和寒冷。在这些日子里，萧红有过午夜时分因为饥饿无法入睡而想要偷列巴圈的想法，也有过萧军第一次拿到20元工资，两人到馆子里喝丸子汤的经历。《雪天》中，萧红写到了一种很值得品味的状态："我直直是睡了一个整天，这使我不能再睡，小屋子渐渐从灰色变作黑色。睡得背很痛，肩也很痛，并且也饿了。我

---

① 萧红.萧红全集：商市街.武汉：华中科技大学出版社，2015：80.

下床开了灯，在床沿坐了坐，到椅子上坐了坐，扒一扒头发，揉擦两下眼睛，心中感到幽长和无底，好像把我放下一个煤洞去，并且没有灯笼，使我一个人走沉下去。"[1] 1933年5月，萧红处女作《王阿嫂的死》（笔名悄吟）发表在哈尔滨的《国际协报》上。

萧军，中国现代作家，原名刘鸿霖，笔名三郎、田军等。1932年，与落难中的萧红结识，后共同生活。1933年10月与悄吟（萧红）出版小说、散文集《跋涉》。

【经典品读】

一切街车街声在小窗外闹着。可是三层楼的过道非常寂静。每走过一个人，我留意他的脚步声，那是非常响亮的，硬底皮鞋踏过去，女人的高跟鞋更响亮而且焦急，有时成群的响声，男男女女穿插着过了一阵。我听遍了过道上一切引诱我的声音，可是不用开门看，我知道郎华还没回来。

---

[1] 萧红.萧红全集：商市街.武汉：华中科技大学出版社，2015：84.

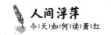
> 小窗那样高，囚犯住的屋子一般，我仰起头来，看见那一些纷飞的雪花从天空忙乱地跌落，有的也打在玻璃窗片上，即刻就消融了，就成水珠滚动爬行着，玻璃窗被它画成没有意义、无组织的条纹。
>
> 我想：雪花为什么要翩飞呢，多么没有意义！忽然我又想：我不也是和雪花一般没有意义吗？坐在椅子里，两手空着，什么也不做；口张着，可是什么也不吃。我十分和一架完全停止了的机器相像。
>
> ——萧红《雪天》，选自《商市街》

1933年5月21日，萧红完成《王阿嫂的死》（短篇小说，署名悄吟），收入1933年10月五画印刷社印刷出版的三郎、悄吟合著《跋涉》一书。

1934年的初夏，萧红和萧军在东北籍作家舒群的邀请下，登上了开往大连的火车，开始了他们向南逃亡的旅程。6月15日，他们终于到达了青岛。"流浪去吧，哈尔滨也不是家！"① 对于离开和流浪，萧军倒是满怀斗志和激情，但或许对于萧红

---

① 张庆龙.呼兰旧事空回首：萧红传.北京：华文出版社，2018：97.

来说，离家越来越远的脚步，又时时让她的心低沉。《漂泊者萧红》当中有两句话："漂泊者萧红，无论在哪里，都看不到苦难的边际。她需要一道坚实的岸。"① 或许，这更契合萧红的心迹。以自由的追求从旧家庭中突围出来，但新组建的家庭却陷入了个体生存的危机。在青岛，萧红、萧军给鲁迅写信，很快收到回复，并被邀请去上海。

1934年，萧红、萧军在离开哈尔滨前夕合影

来到上海的二萧，迎来了文学创作上的高峰时期。鲁迅先生时常邀请萧红到家里吃饭、交谈，不仅给了萧红文学上的指引、生活上的开导，还给予了萧红一定的经济援助。萧红的《生死场》发表时，鲁迅亲自写序推荐，出版后轰动一时。鲁迅也

1934年夏，萧红在青岛樱花公园

① 林贤治.漂泊者萧红.北京：人民文学出版社，2009：10.

经常向朋友推荐这本书，可以说，《生死场》与鲁迅有着文学精神上的相通，甚至在鲁迅看来，当时那批作家中，萧红最有希望。

1934年11月，萧红、萧军与作家张梅林离开青岛抵达上海。在上海，萧红、萧军经常到鲁迅家做客，向鲁迅请教。鲁迅特意将两人介绍给茅盾、聂绀弩、叶紫、胡风等左翼作家。这些人后来都成为萧红的好朋友，对她的创作和生活产生一定的影响。鲁迅和许广平不但在创作上指点他们，还十分关心他们的生活。不久，萧红、萧军、叶紫在鲁迅的支持下结成"奴隶社"。

1936年7月，萧红东渡日本。在日本时，她曾写下："夜间：这窗外的树声，／听来好像家乡田野上抖动着的高粱，／但，这不是。／这是异国了，／踏踏的木屐声音有时潮水一般了。"[1]虽说萧红曾在文字中流露出在日本时读书、写作、休养，获得了生命片刻的宁静，这是她的黄金时代，但就是这样的"黄金时代"也是充满着异国他乡孤身一人的凄凉和满心的

---

[1] 萧红.萧红全集：八月天.武汉：华中科技大学出版社，2015：25.

伤痛。1937年1月，萧红回国，一回到国内，萧红就去了鲁迅墓前。她写下了《拜墓》（节选）：

跟着别人的脚迹，／我走进了墓地，／又跟着别人的脚迹，／来到你的墓边。／那天是个半阴的天气，／你死后我第一次来拜访你。／我就在你墓边竖了一株小小的花草，／但，并不是用以招吊你的亡灵，／只说一声：久违。①

鲁迅是萧红文学上的恩师，也是知己。鲁迅对文学青年萧红的提携和帮助，对萧红来说，是命运中极大的幸运和转折。

1940年，萧红和端木蕻良去了香港。同年，她发表了《呼兰河传》。决然离家始，无家可依终，萧红漂泊流离的一生，最终结束在战争的硝烟中。"我将与蓝天碧水永处，留得那半部《红楼》给别人写了……半生尽遭白眼冷遇……身先死，不甘，不甘！"②经年的颠沛流离，使萧红患上了肺结核。1942年1月22日，因为被错动了喉管手术，萧红呼吸道阻塞窒息而死，31岁在香港去世。当时，香港被日军占领，各种物资紧缺，端木蕻良很难买到骨灰盒，不得不去一家古玩店买了一对素雅的花瓶，用来替代骨灰盒。端木蕻良将萧红的骨灰分装在两只花

① 萧红.萧红全集：八月天.武汉：华中科技大学出版社，2015：36.
② 骆宾基.萧红小传.哈尔滨：北方文艺出版社，1987：131.

瓶中，其中一只埋在浅水湾。戴望舒曾写下："走六小时寂寞的长途／到你头边放一束红山茶／我等待着，长夜漫漫／你却卧听着海涛闲话。"[1]另一只则埋在由圣士提反女校改建的战时临时医院。多年后，端木蕻良去世，根据他的遗嘱，他的另一半骨灰，由夫人钟耀群带到了香港，埋葬在圣士提反女校的树丛中，陪伴着萧红。香港的浅水湾旁，萧红终于停下了她生命漂泊的脚步，在中国北方出生，在南方离世，萧红一生兜兜转转，身上背满离愁和苦难。

① 戴望舒.萧红墓畔口占∥雨巷.北京：中国青年出版社，2016：97.

难以归类的天赋型作家

骆宾基在《萧红小传》中记录了一个"琴声不再响起的遗憾"的故事，而讲述这个故事时，萧红已久在病中。据萧红自己回忆，那是在上海的时候，每到深夜就寝时，便会听到窗外传来卖唱的胡琴声，她发现这是一个衣衫褴褛的女孩子和一个卖唱的盲人老者，由于为琴声所感动，于是她将铜板包好扔到楼下。自此，小女孩和盲人老者每天晚上都在同一时间为萧红拉上一曲，萧红则会把准备好的铜板扔给他们。但有一天晚上，萧红外出忘记关灯，回到家时已经很晚，没能实现与他们的约定，琴声从此再未响起。萧红深感内疚，常常想：那天晚上，当他们一无所获地离开时，他们该是多么地失落和悲伤啊……还有一个故事，是鲁迅记载的——有一天，萧红来到鲁迅家里，站在楼下兴奋地大声呼唤着鲁迅："先生！先生！你快下来！"鲁迅慌忙从二楼下来，询问她何事。萧红不住地高喊："先生快看，太阳出来了！"对于萧红如此特殊的敏感，鲁迅甚为感慨。只有高度敏感的人，才会在自己生命的最后阶段讲述

自己不经意留下的遗憾；也只有异常孤独的人，才会因为一次普通的太阳出来而兴奋不已。①

萧红的敏感与细腻，还体现在她的作品中。在《回忆鲁迅先生》一文中，萧红为读者勾勒了一个作为"普通人"的鲁迅，用细节绘出了一个鲜活的鲁迅。正因为萧红的敏感与细腻，她才会发现鲁迅会"笑的连烟卷都拿不住了，常常是笑的咳嗽起来"，才会发现鲁迅"刚抓起帽子来往头上一扣，同时左腿就伸出去了"②；也正因为这些敏感而细腻的描写，使得在众多纪念鲁迅的文章中，《回忆鲁迅先生》一篇显得更加感人至深、更加别具一格。

敏感让萧红常常有生命的负累感，萧红是心思极度细腻的人，萧红也是不够成熟的人，也正是她的不成熟，带来了她的作品的成熟、巨大的想象力和深入的情感穿透力，是敏感带给萧红独特的能力。作家作为社会人的成熟，一定程度上会影响作家天赋的发挥。纵观世界上的优秀作家，总有那么一部分作家，他们的性格中总有被人不理解的隐秘部分，总有用世俗的价值观难以度量的存在，但正是这些在社会中不那么恰如其分的东西，往往成为其文学创作独异于其他作家的珍贵财富。张梦阳曾认为，"灵异，是一种尚未被人类发现的奇异的生命潜意

---

① 刘勇．今天为什么再读萧红．光明日报，2015-05-08.
② 萧红．萧红全集：商市街．武汉：华中科技大学出版社，2015：405.

识状态，可以把这种形态称为灵异现象。文学艺术，是人类生活中较多出现灵异现象的领域"①。用这种方式来理解文学，来理解萧红，则可以看作萧红性格中隐秘的天赋一定程度上成就了文学上萧红的地位，萧红是一位注定要成为作家的作家。

萧红的敏感带来了她对日常生活和细节的细腻而罕见的捕捉天赋，尤其体现在她的那篇《回忆鲁迅先生》的散文中。1939年，萧红在重庆黄桷树镇秉庄写下了这篇著名的回忆散文，这仅是众多刻画、回忆鲁迅先生文章中的一篇，犹如沧海中的一粟。但萧红的这篇文章却以活生生的画面感脱颖而出，使得鲁迅独特的个性跃然纸上，这是老到的艺术手法无法描写和刻画的场面，全然需要作家近乎本能的感受和发自肺腑的语言文字。因此，也有学者认为，这样一篇篇幅不长的散文，竟都可以作为电影或者电视剧分镜头的脚本，可见萧红对生活细节的捕捉能力和强大的文学表达能力。

敏感是萧红的天性，给萧红带来了特殊的生命体验，那就是孤独。坐落于呼兰河边萧红故居中的那尊雕像正是萧红孤独的写照。深层的孤独与寂寞一直袭扰着她，孤独使萧红拥有了独特的人生感受和生命体验。萧红是孤独的，她从小坐在呼兰河边，默默地想着这条河从哪里流过来，要流到哪里去……这

---

① 张梦阳.萧红的灵异与气场.中华读书报，2011-01-11.

是经典的作家式的思维方式。凡是著名的作家或文化名人，虽然各有各的人生经历，但最重要的，是他们都懂得"享受"自己的孤独。许多作家沉浸在自己的"后花园"之中：萧红有呼兰河边的"后花园"，鲁迅有"三味书屋"，郭沫若有沙湾的"后花园"，歌德有法兰克福故居中的"后花园"，普希金则在圣彼得堡的故居中享受自己的"后花园"。这些"后花园"不仅是作家精神的慰藉所在，是其人生最珍贵的宝藏，更是他们享受孤独的最佳场所。萧红最先体验到的是娜拉式的孤独与痛苦，这是从她毅然逃婚，踏上流浪的路途开始的。

萧红的孤独伴随着她的行途。在战争岁月的1939年，萧红一路辗转从武汉到重庆，经历了路途的疲惫。萧红凄伤地对朋友梅林说："我为什么总是一个人走路呢？过去，在哈尔滨。后来，在日本，这回在重庆。我好像是命中注定要一个人走路的。世界上那么多的人啊。逃难的时候，你看看，成千上万的，跑警报的时候，几十上百万的。到了重要的时候，就是一个人。只能是一个人。这是为什么……"①可以说，萧红自己道出了她人生本质的感受：注定要一个人走。孤独是人生必须面临的挑战，但是萧红面临的挑战格外严峻，这在于她对生命总有着深刻而敏锐的感受，尤其是人生的苦痛能极大地唤醒萧红

---

① 屈雅红.她叙事：现代女作家论.北京：中国文联出版社，2005：116.

对生活的切肤之感。当萧红和萧军的感情有了裂隙后，萧红去到日本散心，但在从1936年7月至1937年1月的这段时间内，萧红向萧军寄了35封信，平均每周两封信。萧红在情感上承受的巨大孤独和在异国他乡对曾经的爱人的深刻眷恋，是萧红人生中难以抹去的痕迹。

萧红身上其实还有一种任性的性格，这种任性可以看作萧红对自己天性的发挥和保护。萧红一直是不妥协的，即便自己敏感脆弱的性格容易遭受各种伤害，萧红既不伪装，也不逢迎。日本研究萧红的著名学者平石淑子把萧红称作"茧中人"，即在保护自己的状态下也将自己封闭了起来。这也表现在萧红的为人处世上。萧红是不太善于处理自己所遭遇的各种关系的，包括人与人之间的关系，包括爱情或恋情中的关系。实际上，她是一个很简单的女人。

孤独也为萧红带来了文学上的收获。可以说，正是因为萧红的孤独，使得她的文学独具魅力。一方面，萧红作为一名女性，她对女性的生活、爱情、婚姻、家庭和事业有着不遗余力的展现；另一方面，萧红深刻的生命体验又让她超越了女性这一身份，直接向生存和人性发问，着力展现中国东北土地上生的挣扎，透露出一个现代人对于生命的深度思考。这份孤独，让她的眼神中多了深邃和冷峻，让她的作品变得力透纸背；这份孤独，也为她带来了更多的朋友，每年到呼兰河故居参观的

人络绎不绝，他们都是萧红的朋友。萧红真正的朋友是她的读者，读者是她永远的朋友。有理由相信，萧红会继续拥有更多的读者。

如果说孤独是萧红的天性与人生的底色，那么从这样深刻的孤独中生长出的萧红带有怨恨式的审美情绪。这种怨恨不是小家碧玉式的不如意的怨怼，而是对人生求而不得还要继而求之的遗憾，在对社会的追问中不放弃对美好生活的期待。

对于一位作家而言，其创作资源无非来自两方面：一是得到的太多；二是得到的太少，甚至从来没有得到过。冰心自出生之日起就一直生活在充满爱的环境中，始终拥有最丰足、最完满的爱，因此她也以将最宽厚、最博大的爱奉还给他人和社会为天职。冰心虽然是以"问题小说"而名震文坛，及至晚年她依然密切关注着社会的热点问题和难点问题，但她整个的文学创作始终没有脱离过两个内在的支点：一是对爱的竭力颂扬，二是对人生根本价值的不懈追寻。而萧红的人生充满了坎坷，充满了怨恨。

萧红的创作与那些"大家闺秀"式的作家有很大的不同。纵观萧红的作品，萧红在《生死场》中写过因偷穿爹爹靴子而遭到母亲打骂的平儿；在《呼兰河传》中写过因为儿子小时候误踩死鸡仔而毒打了他三天三夜的母亲；在《家族以外的人》中写过自己蹲在树上，胳膊被拿火叉往下叉自己的母亲叉破了皮。可见，在萧红作品中，一系列的母亲形象与冰心笔下对于母爱的讴歌和赞美、与林徽因的"人间四月天"有着巨大的反差。中国现代女作家沉樱曾表示："我的小说大都是编辑催逼下写出来的。"[1]当19岁的冰心发表小说《两个家庭》时，小说几乎是一投即中，此后冰心将全部身心投入问题小说的创作中。然而，相比之下，萧红作品的发表，没有一部是那么顺利、那么从容、那么应接不暇的，但是她的每一部作品都是源自心灵甚至是源自生命的创作，都在燃烧自己的生命。"大家闺秀"式作家的另一位代表凌叔华，她的小说《酒后》写的是一位少妇，在丈夫的朋友醉酒之后，产生了想去吻他一下的强烈愿望，丈夫最终允许她去吻了，但当她走到那位朋友身边时，她却说"我不要kiss他了"。故事充满了"太太客厅"中的闲情逸致，弥漫着上层社会的贵族气息。而所有这些与萧红无关，萧红也写不出这样的文字，萧红只与苦难有关、与怨恨有关。

萧红性格中有一种深刻的矛盾。在文学创作方面，萧红是天赋型作家，她用自己超乎寻常的天赋进行创作，从24岁创作《生死场》到31岁离世，萧红一生的文学创作数量在这么短的人生中是壮观的，萧红文学的质量更是毋庸置疑。萧红在现代文学大师林立的文坛上，依旧能算得上宽阔而深厚的一位作家。在萧红

---

① 黄建华，赵守仁.梁宗岱传：插图本.广州：广东人民出版社，2013：106.

之前，类似《生死场》的文字风范，是无处可寻的。中国当代作家止庵也说过，萧红是一个用本能写作的作家，她的天分很高。中国当代学者林贤治认为，萧红的创造性被严重低估，她在文学史上的地位还不够高，她的小说具有散文化的特征，对生活观察很独到，对人性中恶与丑陋的暴露，以及对男权社会暴力的揭示比较深刻。萧红写《生死场》《呼兰河传》，把自己放进里面，不会隔岸观火，而是用生命来写作。在林贤治眼里，萧红的小说不迎合读者，而张爱玲的作品有讨好大众的一面。"张爱玲已经被读者神化。她对市民社会有独到的观察，富有灵性，但其气局不大，不宜过于高估。除她之外，林徽因的文学作品并不多，文学地位也被高估了。"①林贤治的看法更多是强调萧红对彻底的荒凉和衰落的本质感受。萧红是不迎合读者的，她一生都在为自己创作，为生命创作。

【我来品说】

1. 如何理解萧红自己说的"我好像是命中注定要一个人走路的"？

2. 你认为萧红作品中的孤独感来自哪里？

---

① 周南焱. 民国女作家：被走红与被误读.（2014-10-09）［2023-07-10］. www.chinawriter.com.cn/2014/2014-10-09/220563.html.

第二章 《生死场》：一个民族的受难史

导读

我们说起萧红，首先会想到的是她的成名作《生死场》。20世纪30年代，中国左翼文学正值蓬勃发展态势中。1934年，年仅23岁的萧红创作了小说《生死场》，给30年代的文坛带来了一股强劲的北中国之风，粗砾而浓烈。《生死场》作为萧红的成名作，奠定了她在中国现代文学史上的地位和影响。1935年出版时，鲁迅亲自为之作序，称它是"北方人民的对于生的坚强，对于死的挣扎"的一幅"力透纸背"的图画。《生死场》以沦陷前后的东北农村为背景，以冷峻的手法刻画了当时人民的悲惨遭遇，对人的生存与死亡问题进行了透彻而深邃的思索。小说中超越时代与民族立场对人的

命运和生死的追问，与鲁迅的思考是一致的。《生死场》带着东北黑土地的精魂，是力透纸背的，是别开生面的，是充满诗性的，用具有品质与气度的文字追问壮烈的人生境遇问题，体现出萧红深邃而老到的生命诗学观。

1935年年底，萧红的《生死场》
作为"奴隶丛书"之三出版。
封面为萧红设计

荒野里生存的挣扎

　　描写生死问题，是现代文学的一个重要议题，甚至是从五四问题小说开始，现代作家就注目到人生的根本问题上来，并且本着"为人生"和"为社会"的态度，描写当时中国人的生存与苦难。诸多现代作家在自己的文学创作中探讨人生的生存和死亡的问题。胡风在《〈生死场〉读后记》中写道："这写的只是哈尔滨附近的一个偏僻的村庄，而且是觉醒的最初的阶段，然而这里面是真实的受难的中国农民，是真实的野生的奋起。它'显示着中国的一份和全部，现在和未来，死路与活路'（鲁迅序《八月的乡村》语）。"①这明确说明了《生死场》的核心问题：是生还是死？如何生以及如何死？显然，萧红对此的回答是赤裸的、忍心的、大胆的。

　　《生死场》从一只山羊、一个小孩、一个农夫、一片菜田写起，以17章的文字，刻画出20世纪30年代初期东北农民生活

_____

　　① 胡风.《生死场》读后记 // 萧红.萧红全集：呼兰河传.武汉：华中科技大学出版社，2015：132.

的图景，这不仅仅是当时的东北，而且是当时的中国，真实、鲜活甚至是触目惊心的中国。20世纪30年代，九一八事变震惊了整个中国，一群年轻的东北作家带着血与泪、悲与痛，从东北苍凉的大地走出来。他们的文字如血泪一般，倾洒在东北大地上；他们的作品充满着家国的哀伤，在当时的文坛上引起了极大的轰动。萧红作为东北作家群中的一员，注视着东北人民的生存状态、东北大地的前途走向，深刻反映了他们的痛苦与挣扎。东北作家群带来的是一股清新而狂野的雄风，而萧红是其中个性最为鲜明、风格最为独特的一位。鲁迅对萧红的创作是十分欣赏的。鲁迅向读者推荐《生死场》的那种急切的心情是少见的。萧红独特而出众的创作天赋与小说深厚的力道，充满了冷峻的张力和反抗的骨气，给人直达人心的冲击力。

《生死场》中写到的生存与死亡是与"动物般"的境地并举的，是血淋淋的，尤其充满了女性的生存苦难与生育痛苦体验意识。德国汉学家沃尔夫冈·顾彬在他所著的《二十世纪中国文学史》中认为，萧红的象征世界"基本上以动物为标志"[1]。例如，小说中写到一个叫月英的女子，风风光光地出嫁，后来生了病瘫痪在床，刚开始丈夫还照顾，后来就不闻不问。月英深夜里会因为只想喝一口水而不断哀嚎，邻居们都能

---

[1] 章海宁.萧红印象·研究.哈尔滨：黑龙江大学出版社，2011：231.

听见，可丈夫就是听不见。"白日，村里女人们过来看她。她一排牙齿都绿了，一直九十度地坐在床上，无法躺下，下肢没有知觉，女人们挪挪她的身体，臀部下面是蠕动的白虫。丈夫想，反正离死不远了，也不要浪费了棉被，索性把她垒在几块方砖里……"①在这里，月英肉体的枯萎与腐烂就像被"虫蛀"了一般，萧红没有哭泣的画面和哀痛的文字，萧红只是刻画，写最简单的文字，但这些文字就像墓碑一样，筑起生命的壁垒，陡直而深邃，充满着鲜血和屈辱，横亘在读者的心中，有种挥之不去的郁结和沉重。《生死场》中的动物意象有着"人的动物化"的象征意义和"人与动物的同质化"的本质思考，其中包含着萧红对民间生存状态的深度追问。当人和动物一般生存的时候，人的尊严和价值又何在？将动物的处境与人进行对照，人的生存感则附上了更冷峻的感受。如何在当时的中国唤醒和保护人的尊严，是萧红在《生死场》中的发问。

甚至，在小说中，由于缺乏"人"的意识的自觉和人性的觉醒，这里的人把人的生命价值看得比动物、家禽还低。萧红描写生死是将人和动物放在同一水平来描写的，或者说，在东北的土地上，人的生存和动物的生存是相似的。萧红采取这样的视角进行写作，其中蕴含了很多可以追问的问题。萧红十分

---

① 赵海勃.分晓.秦皇岛：燕山大学出版社，2019：46.

大胆地将人的世界与动物的世界交织在一起，"人和动物一起忙着生，忙着死"。让"蚊虫混同着蒙雾充塞天空"，让"牛或是马在不知不觉中忙着栽培自己的痛苦"。当女人们正在拼足全身力气生孩子的时候，"不知谁家的猪也正在生小猪"[1]……在人和动物以及万事万物间，上演着一幕又一幕的悲喜剧。这与鲁迅所说的"被大蛊惑，倏忽间记起人世，默想至不知几多年，遂同时向着人间，发一声反狱的绝叫"[2]一样，都是用一种冷峻而坚实的笔调，将愚昧中的民众放置在一个生的边缘、一个死的境地，希冀他们能够反省，能够"呐喊"，能够拥有"永久的憧憬和追求"。在这些深刻的问题上，萧红是与鲁迅相通的，萧红作品中强劲的生命意识与鲁迅向死而生的生命哲学是契合的。

《生死场》中描写到的生和死是迟钝的，小说中的每一个人物对死亡这样重大的问题都充满了麻木的悲哀，小说对残酷的生活现实毫不回避。萧红对她笔下人物的生死是敏锐的，但是这些笔下的人物对生和死的理解并不敏感，甚至很迟钝，以一种迟缓的精神状态直面了死亡的苦难，甚至在很多生死的关头，是冷漠麻木、自私愚昧的。在这样的反差中，透露出人性

① 萧红.萧红全集：呼兰河传.武汉：华中科技大学出版社，2015：64，81，65.

② 林贤治.无声的中国.广州：花城出版社，2022：365.

的荒凉和悲哀。夏志清读到萧红作品后，甚至认为《生死场》在刻画中国古老农村方面，胜过鲁迅的《呐喊》《彷徨》。《生死场》中的人对待死亡是冷漠的，仿佛死亡是司空见惯的事情。对于东北大地上的血迹模糊的生存现状，东北人民以迟钝的方式面对不可改变和轻易降临的死亡，使用生命原始的力量迎上去，失败便接受。从这一点上看，萧红是超越自身经验的写作者，她的视野从自身移到了更加广阔的天地中，她看到了没有反抗、逆来顺受的人们即使用忍耐与屈辱也并不能换来生存与安稳。萧红的笔触，力道万钧，但总是举重若轻地描写，不动声色，不张扬地表达中则有一种雄迈的胸襟。

《生死场》中各种人物对待生死的迟钝中有着复杂的精神内核。小说中东北农民的性格是依附在生存价值上的复杂的体现，对死亡的司空见惯和无可奈何让他们有着破碎的内心精神，萧红对于这样的精神状态有着细致的刻画。例如，她写王婆为还债务而被迫卖马、赵三被迫卖牛、二里半参加抗日队伍而难以舍弃心爱的老山羊等细节，把闭塞落后、被侵占和掠夺下东北农村中人民的细碎情感细致地刻画了出来。

面对《生死场》的时候，我们会思考这样一个问题：人为什么会像动物一样生存？在面对国破家亡的处境时，个人的生存力是非常弱小的；在生死抉择之中，人性也是异常荒凉的。《生死场》中蕴含着一种原始的生气，这种生气就是来自将人的生存和动物的生存等量齐观，萧红不是有意要贬损人的价值，而是在20世纪30年代，萧红看到了东北土地上人民令人触目惊心的生存现状，萧红自己也是对濒临死亡的饥饿有着深切体验的作家，她更能感受到活下去必须要付出的代价和辛酸。萧红曾经谈到自己和鲁迅的区别，她说鲁迅写东西都是悲悯他笔下的人物，都是从上往下看的，因为他有资格、有能力。萧红说自己不是，她是等同于这些人，甚至比这些人还低，她是靠这些人物来救自己的。《生死场》给了我们另一个值得思考的问题：人应该追求一种怎样的生存？不将自己看作"人"，不在被压迫和被侵略时反抗，何谈生存的机会和尊严？追求有尊严和质感的生命应当是我们重读《生死场》可以得到的重要思考。

越轨的笔致

  鲁迅在为《生死场》所写的序言中说："叙事和写景，胜于人物的描写，然而北方人民的对于生的坚强，对于死的挣扎，却往往已经力透纸背；女性作者的细致的观察和越轨的笔致，又增加了不少明丽和新鲜"①。生的坚强与死的挣扎是《生死场》洞察深刻的社会问题与人生问题。《生死场》虽然没有特别主要的人物或贯穿始终的故事，却让生活以原有的力道自己讲话，萧红的笔法充分融合了文学的艺术性与作家的创作天赋。

  《生死场》超常的写法首先体现在其结构的散文化，以散漫的结构写成小说。萧红《生死场》的写作模式，更多的是散文化的写作模式。鲁迅先生在《生死场》序言中说："叙事和写景，胜于人物的描写。"《生死场》共有17章，每章之间在情节上没有密切的联系，不像一些长篇小说有着一个紧密的内核，每章之间彼此的包裹性非常强。《生死场》以其相对的独

---

① 鲁迅.《生死场》序 // 萧红.萧红全集：呼兰河传.武汉：华中科技大学出版社，2015：3.

立性和跳跃性给读者带来阅读上的新奇感。每一章就像电影的镜头，有着荧幕间的转换，成为彼此相对独立的叙事单元，但各章又共同凝聚在一个中心叙事要点上。

小说的第一章"麦场"首先以镜头画面的方式呈现，而不是长篇累牍的叙事性文字："一只山羊在大道边啃嚼榆树的根端……黏沫从山羊的胡子流延着……白囊一样的肚皮起起落落。"①接着出现的有田野、白菜地、农夫、小孩、高粱地、高粱、青穗、野菜、野草，最后画面定格到二里半一家人寻找山羊上。萧红用这种方式呈现小说叙事的开篇，就仿佛电影镜头一样，由远及近、由大到小，最终落到叙事的核心要素上来。因此，萧红的小说不仅具有可读性，还具有可视性，具有很强的观赏性。同样，到了小说的第二章"菜圃"，变成了这样的画面：大片的菜地、红柿子、青萝卜、红萝卜、小姑娘们和小伙子们。这个时候金枝姑娘的故事才徐徐展开。第三章"老马走进屠场"，对老马走在县城私宰场的大道上，老婆子在马后拿树枝条驱赶着老马的画面刻画得也非常具有艺术感。"那里的屠刀正张着，在等待这个残老的动物。……大树林子里有黄叶回旋……凄沉的阳光，晒着所有的秃树。田间望遍了远近的人家。"②就这样一幕一幕，王老婆子不忍心地将老马卖给了屠宰

---

① 萧红.萧红全集：呼兰河传.武汉：华中科技大学出版社，2015：5.
② 同①35.

场，得到了三张票子，又被地主作为一亩的地租收了去。人和动物生存上的相依和彼此象征，使得第三章就像一幅旷远生命晚图，给人极大的震撼力。每一章都像一个叙事单元，每一章又彼此勾连，人物之间的关系串联起整部小说，成为一个村庄乃至整个东北大地上人民生存的集体刻画。

《生死场》的散文化特点体现在故事情节和悬念的设置上。与其去找小说中核心的故事情节和贯穿全篇的人物或叙事主线，还不如流连在各个章节的小故事中，每一章写到的生的困境和死的磨难都给人一种切肤之感。《生死场》的叙事节奏是自由跳跃式，每一个人物的生存和死亡的问题都重要。虽然小说有大量的人物，例如二里半、王婆、赵三、李青山、金枝、平儿等这些人物，但这些人物没有一个是绝对的主角，没有设定谁要贯穿全篇、起主导作用。他们都是具有象征意味的核心人物，既是独立的，又是群像中的代表。因此，整部作品给人的印象是结构上若即若离、自然灵动、各成风采，但又彼此相连。

《生死场》的散文化还体现在突出的画面感和画面中的绘画性上。从萧红自身的经历来看，她从小喜欢绘画，具备绘画的基础与才能。在童年的成长中，萧红对外在世界的视觉性感受是敏锐而独到的，这也体现在她的《呼兰河传》的创作中。因此，在她最初的小说创作中，绘画的方法和风格也就自然而然地融入小说的叙事中。比如小说中写"王婆驱着她的老马，头上顶着飘落的黄叶；老马，老人，配着一张老的叶子，他们走在进城的大道。"①这里颇有一种"古道西风瘦马"的悲凉意味，凄凉惨淡、悲怆恸人。而萧红对此的描绘是白描式的，语言在这里对萧红而言就是绘画的墨笔，她不选择过多的描述和刻画，反而给人一种画外之境的广漠与悲伤。又如，写到日本人及走狗汉奸在中国宣传"王道"的图景时，萧红是这样描绘的："田间无际限的浅苗湛着青色。……草地上汽车突起着飞尘跑过，一些红色绿色的纸片播着种子一般落下来。小茅房屋顶有花色的纸片在起落。附近大道旁的枝头挂住纸片，在飞舞嘶鸣。从城里出发的汽车又追踪着驰来。车上站着威风飘扬的日本人，高丽人，也站着扬威的中国人。车轮突飞的时候，车上每人手中的旗子摆摆有声，车上的人好像生了翅膀齐飞过去。那一些举着日本旗子作出媚笑模样的人，消失在道口。"②画面中人物的蛮横与喧闹的声音配合在一起，一面是喧腾的侵略者，一面是备受欺凌的村庄，二者之间的对立与仇恨弥散在空中，具有很强的可感性。胡风曾在《生死场》的读后记中也说萧红的《生死场》像肖洛霍夫的《被开垦了的处女地》，"画出了过渡期的某一类农民

———

① 萧红.萧红全集：呼兰河传.武汉：华中科技大学出版社，2015：34.

② 同①87.

的魂魄"，"在我们已有的农民文学里面似乎还没有见过这样动人的诗篇"[1]。一方面，胡风强调《生死场》刻画人物力透纸背的能力和深邃的洞察力；另一方面，他更是指出了萧红独特的创作笔法，即"画"与"诗"，这些都说明了萧红《生死场》具有视觉上的绘画性和情感上的诗性。

【经典品读】

> 一只山羊在大道边啮嚼榆树的根端。
>
> 城外一条长长的大道，被榆树荫蒙蔽着。走在大道中，像是走进一个动荡遮天的大伞。
>
> 山羊嘴嚼榆树皮，黏沫从山羊的胡子流延着。被刮起的这些黏沫，仿佛是胰子的泡沫，又像粗重浮游着的丝条；黏沫挂满羊腿，榆树显然是生了疮疖，榆树带着硕大的疤痕。山羊却睡在荫中，白囊一样的肚皮起起落落。
>
> ——萧红《生死场》第一章"麦场"选段

一位优秀的作家总有属于自己的语言表达方式，语言是一位优秀作家的鲜明标志，是能在同时代作家中脱颖而出的重要

---

① 胡风.《生死场》读后记 // 萧红.萧红全集：呼兰河传.武汉：华中科技大学出版社，2015：131.

媒介。《生死场》有鲜明的萧红特色的原因还在于其别具一格的语言。萧红的语言是新鲜的、新奇的、与众不同的。萧红的语言带有一种静默的歇斯底里。说是静默，是因为萧红很少用极具破坏性的、充满撕破力的文字去呈现痛苦，而是冷静如旁观，但又充满了如注的悲痛；说是歇斯底里，是因为萧红为这些文字中一笔一画之间都注满了生命的撕扯、冷漠和残酷。

无论是《生死场》中散漫的结构、绘画性的特色，还是冷峻的语言，这些风格都来自萧红骨子里的敏锐性、情绪的流动性。萧红是具有骨力的作家，写出了笔下人物的筋骨、他们的生存和挣扎。

【经典品读】

老马走上进城的大道，"私宰场"就在城门的东边。那里的屠刀正张着，在等待这个残老的动物。

老王婆不牵着她的马儿，在后面用一条短枝驱着它前进。

大树林子里有黄叶回旋着，那是些呼叫着的黄叶。望向林子的那端，全林的树棵，仿佛是关落下来的大伞。凄沉的阳光，晒着所有的秃树。田间望遍了远近的人家。深秋的田地好像没有感觉的光了毛的皮带，远近平铺着。夏

季埋在植物里的家屋，现在明显的好像突出地面一般，好像新从地面突出。

深秋带来的黄叶，赶走了夏季的蝴蝶。一张叶子落到王婆的头上，叶子是安静的伏贴在那里。王婆驱着她的老马，头上顶着飘落的黄叶；老马，老人，配着一张老的叶子，他们走在进城的大道。

——萧红《生死场》第三章"老马走进屠场"选段

力透纸背话生死

　　《生死场》对生存问题的关注和描写，是从个体开始的。小说通篇充满了个体生存的悲剧氛围。作品中的每一个人物在荒凉、衰颓、贫困的东北农村活着，这里充满着地主阶级的剥削和压榨，以及日本侵略者的屠杀与掠夺。蛮荒和悲凉让当时的东北农村蒙上了厚重的阴影。因此，我们看到小说里的中国农民像"蚊子似地生活着，糊糊涂涂地生殖，乱七八糟地死亡"，他们"被刻上'亡国奴'的烙印，被一口一口地吸尽血液，被强奸，被杀害"[①]。人们艰难地挣扎在死亡线上，萧红写到了太多人的个体的陨灭和消逝，每一种死亡都令人触目惊心。小说中的人物过着近乎原始、奴隶般的生活，似乎永远逃不脱命运的摆布。小说描绘了一幅真实的东北农民受难图。王婆为了还债卖掉老马，只得"一张马皮的价值"，而"地主的使人早等在门前，地主们就连一块铜板也从不舍弃在贫农们的

---

　　① 萧红.萧红全集：呼兰河传.武汉：华中科技大学出版社，2015：131，132.

身上"，这点钱也被搜刮去了。作者悲愤地写道："王婆半日的痛苦没有代价了！王婆一生的痛苦也都是没有代价。"①金枝刚出世只一个月的小女儿，竟被亲生父亲嫌拖累还债而亲手摔死。五姑姑的姐姐分娩时，光着身子，像鱼一样翻动在土炕上，一边还受着丈夫的折磨，直到"横在血光中，用肉体来浸着血"，而孩子也"落产"而死。与此同时，"房后草堆上，狗在那里生产"②。寥寥数语，人如同狗一般的生存现状撕扯着人心。作家冷静克制的笔法中，充满了沉重的愤懑和不甘。"当村民们苦难的生活慢慢地展现在读者面前时，读者的心情也会跟着越来越沉重。……读者更看到那好像是永无止境的难产、衰老、病痛和自杀、意外、瘟疫、谋杀、饥饿等等不同形式的死亡。"③

在《生死场》这部小说中，没有一处环境是温和的、柔美的。《生死场》里的人们把收成看得无比重要，人的性命甚至不及一堆麦子值钱。王婆忙于劳作造成了孩子小钟和铁犁叠在一起而死亡的悲剧，但她直到冬天和邻人比着丰收的麦子时才想起死去的孩子。人存在的价值被质疑和否定，"农家无论是

---

① 萧红.萧红全集：呼兰河传.武汉：华中科技大学出版社，2015：36，38.

② 同①62，60.

③ 葛浩文.萧红评传.哈尔滨：北方文艺出版社，1985：52.

菜棵，或是一株茅草也要超过人的价值"①。"这是部悲剧风格的小说，而一般读者通常所盼望的是在实际生活和作品中偶尔能获得的轻松气氛，在本书中显然全无踪影。虽然在萧红著作中，村民们像法国作家左拉的《萌芽》一书中那些悲惨的矿工们一样，偶尔也有一些欢乐的时光，譬如农家偶尔聚到一起闲聊、青年男女的约会等，但结果总以悲剧收场。"②可见，《生死场》充满了浓郁的悲壮感。

《生死场》的悲壮感来源于作品在刻画生死的同时，始终充满了对于生与死的哲学思考。萧红在书中写道：成业这样的小伙子，年轻一过，人就"和死过的树一样不能再活"；金枝就因为摘了一棵青柿子，她母亲"老虎一般捕住自己的女儿"，金枝的鼻子立刻流血，"母亲一向是这样。很爱护女儿，可是当女儿败坏了菜棵，母亲便去爱护菜棵了。农家无论是菜棵，或是一株茅草也要超过人的价值"③。什么是人的价值？这是《生死场》给读者的最大震撼！生，是一种生命的延续，是一种自然；死，是一种生命的归宿，是一种必然。生与死，二者既是一种对立和矛盾，又是一种相承和统一。没有生就没有死，生死现象并不

---

① 萧红.萧红全集：呼兰河传.武汉：华中科技大学出版社，2015：28.

② 葛浩文.萧红评传.哈尔滨：北方文艺出版社，1985：51-52.

③ 同①.

可怕。关键是怎样生、怎样死才有意义，人们应该怎样生存、怎样死亡。这才是作者探讨思索的哲学主题。在民族存亡的紧急关头，这一思考使萧红的创作走上了更高的层次。她不但用悲剧的手法描写了东北地区农村、城市的文化景观和文化生态，而且描写了日寇侵略下的中华民族的生存危机。她在唤醒、在号召人民为了国家和民族的存亡而奋起抗争。

对个体生存状态的力透纸背的描写还体现在萧红创作的其他小说中。例如，在短篇小说《哑老人》中，萧红叙说了祖孙两代的悲惨故事：孙女小岚被工头打死，祖父也被活活烧死。在《王阿嫂的死》中，王阿嫂丈夫被张地主逼疯烧死，而王阿嫂自己也被张地主踢打，以致在产后死去，新生儿也未能活成，养女最终成为孤儿。面对生存的厄运，王阿嫂只能以"哭"与"死"来面对，这种"哭"是悲怆的、呼天抢地的，却也是无能为力的。

【经典品读】

> 一夜在思量，第二个早晨，哑老人的烟管不间断地燃着，望望门口。听听风声，都好像他孙女回来的声音。秋风竟忍心欺骗哑老人，不把孙女带给他。
> 又燃着了烟管，望着天花板，他咳嗽着。这咳嗽声经

过空冷的地板，就像一块铜掷到冰山上一样，响出透亮而凌寒的声来。当老人一想到孙女为了工厂忙，虽然他是怎样的饿，也就耐心地望着烟纹在等。

窗纸也像同情老人似的，耐心地鸣着。

小岚死了，遭了女工头的毒打而死，老人却不知道他的希望已经断了路。他后来自己扶着自己颤颤的身子，把往日讨饭的家伙，从窗沿取来，挂了满身，那些会活动的罐子，配着他直挺的身体，在作出痛心的可笑的模样。他又向门口走了两步，架了长杖，他年老而踉跄的身子上有几只罐子在凑趣般的摇动着，那更可笑了，可笑得会更痛心。

——萧红《哑老人》节选

《生死场》的"场"是忙着生和忙着死的重要环境，这样的"场"究竟是什么？这便是20世纪30年代东北乡村的真实状态：在极其缺乏物质资料，被帝国主义侵略与封建主义剥削、压迫的背景之下，原始的生命与循环的苦难不断在上演，麻木的现实生活、闭塞的生活空间、冷漠的生命观和鬼神的信仰世界充满了这个空间。《生死场》中对个体人物生死的描写构成了一幅展现东北人民悲惨命运的图画，显示了对广漠的东北大地上灵魂的

刻画。

因其地理位置和复杂的历史前因，东北在中国近现代历史上一直处于日俄两股帝国主义势力的阴影之下。19世纪以来，沙皇俄国一直在黑龙江的边境骚动，企图侵蚀中国的土地和资源，东北一度受到俄国的侵占和剥削。同时，日本帝国主义也虎视眈眈，一直在朝鲜附近活跃，并进一步向西侵略。此外，20世纪20年代，中国内部的军阀势力不断扩张，东北的奉系军阀在帝国主义侵略下继续推行穷兵黩武的政策，战乱不断。国内外的多重压迫给东北人民带来了极大的生存困境。1931年，九一八事变爆发，中国的历史进入了新的阶段，"抗日救亡"日益成为新的历史使命；东北也在这一时期沦为日本的殖民地，国土沦丧进一步加剧了东北生存的苦难。日本侵略者随意凌辱、屠杀中国人民，血淋淋的东北大地和严峻的现实催生了一批具有爱国主义救亡之心的作家，他们后来被人们称作"东北作家群"。九一八带来的屈辱悲愤的感情创伤和由此而来的流亡生活的经历与感受，让这些东北作家体验到了家破国丧的切肤之痛，在内忧外患的强大精神压力之下，他们把个人的不幸和祖国的不幸、个人的命运和整个民族的命运紧密相连，并以笔为武器，进行具有革命性和抗战意识的文学创作，为东北人民的挣扎发声，为抗日救亡呐喊，而萧红也正是其中的代表。

东北作家群是指九一八事变后，一群从东北流亡到关内的文学青年在左翼文学运动推动下共同自发地开始文学创作的群体。东北作家群的主要作家有萧军、萧红、舒群、端木蕻良等，代表作有萧红的《呼兰河传》《生死场》、萧军的《八月的乡村》等。他们的作品反映了处于日寇铁蹄下的东北人民的悲惨遭遇，表达了对侵略者的仇恨、对父老乡亲的怀念及早日收复国土的强烈愿望。他们的作品具有粗犷宏大的风格，写出了东北的风俗民情，显示出浓郁的地方色彩。

20世纪30年代，东北处于一个前所未有的生死关头，文学必然担当历史的使命，必须承担水深火热的历史中更加深邃而复杂的内涵。如同鲁迅认为的，在当时的上海，在中国，就需要这样投枪式的作品，以唤醒奴隶们"麻木的"心，挺直民族的脊梁。因此，《生死场》是整个民族生存的寓言和图景式的展现。《生死场》刻画出东北一步步堕入殖民地深渊的悲惨现实：贫苦农妇王婆卖掉自己唯一的老马，只换回一张马皮的价钱，可即使是这样贫困的生活也不能持久。九一八炮声响了，"宣传'王道'的旗子来了！""村子里的姑娘都跑空了！……一个十三岁的小丫头叫日本子弄去了。""全村也没有几只鸡

了"，"在'王道'之下，村中的废田多起来"。"王婆追踪过去痛苦的日子，她想把那些日子捉回，因为今日的日子还不如昨日。"①日本统治下的"王道乐土"，就是东北农村经济的完全破产，农民在政治上沦为奴隶，在经济上被变本加厉地剥削。作品通过王婆、赵三、二里半、金枝等这些普通农民悲惨的遭遇告诉世人，他们"到都市去也罢，到尼庵去也罢，都走不出这个人吃人的世界"②。在20世纪30年代，《生死场》时刻紧抓不放的生死问题，对于东北大地的人民来说已经不是可以选择、可以思考的问题，而是每天必须面临的问题，是每天必须付出极大代价才可以获得生存之机的课题。《生死场》是描写东北人民愚昧麻木的，在小说的前几章尤能体现，但在小说的后面几章，这些"忙着生，忙着死"的人们，走上了反抗的道路，虽然他们还不具有清晰的革命意识，不具有明确的斗争目标，甚至对于反抗后的结果内心都是渺茫的，但是他们在一无所有之时，唯有抗争，将生命在抗争中付之一炬，或许能获得未可知的力量。因此，赵三也要加入革命，李青山在赵三的家里召开了大型的集会，组织村民革命军。《生死场》是

---

① 萧红.萧红全集：呼兰河传.武汉：华中科技大学出版社，2015：87，88，89.

② 胡风.《生死场》读后记//萧红.萧红全集：呼兰河传.武汉：华中科技大学出版社，2015：132.

刻画东北大地苦难生活的，是描写整个民族悲惨境遇的，具有强烈的民族性、时代性和革命性；小说不仅刻画了东北人民的死亡与挣扎，更是隐喻了东北大地对"生"的追求，是整个民族被压迫和侵略时，最后时刻的全面而彻底的反抗。如同萧红在《生死场》里，展示农民们宣誓抗日的典礼时写道："哭声刺心一般痛，哭声方锥一般落进每个人的胸膛。一阵强烈的悲酸掠过低垂的人头，苍苍然蓝天欲坠了！"[1]这不仅是一群人反抗的决心，更是整个民族沉重的呐喊和斗争的决心。面对日本帝国主义对东北百姓的蹂躏，"有血气的人"的老赵三不再浑浑噩噩度日，他发出了"我是中国人！我要中国旗子，我不当亡国奴，生是中国人，死是中国鬼……不……不是亡……亡国奴……"[2]的声音！因此，在《生死场》中弥漫着国家和民族的大爱大恨，显示的是民族在生存困境时的勇敢抉择。

萧红对于民族命运、人民生存给予了高度的关注和深切的共情，她对于热切和高涨的情感是疏离的，在疏离之中反而多了一种人性上的贴近。萧红的笔锋饱蘸着悲悯情怀，这不仅体现在《生死场》中。在抗日战争期间，萧红写下了一篇短篇小

---

① 萧红.萧红全集：呼兰河传.武汉：华中科技大学出版社，2015：102.

② 胡风.《生死场》读后记//萧红.萧红全集：呼兰河传.武汉：华中科技大学出版社，2015：132.

说《旷野的呼喊》，以抗战为背景，描写灰色的旷野中，笼罩在战争的阴影下村庄里普通百姓的日常生活，着力表现战争下普通乡民们的复杂心态和对生存——仅仅是活着——的渴望。萧红关注的是人在战争中的生存，而非宏大叙事中的高昂和斗志；她的作品让我们更加靠近日常生活中的人的状态，将视角放在了芸芸众生的个体生存困境上，而充满了悲壮的美感。《旷野的呼喊》和《生死场》一样充满了苍凉粗犷的荒凉美感，指向守护民族尊严与书写生命力量的目的。同样，在《给流亡异地的东北同胞书》中，萧红写下"在最后的斗争里，谁打得最沉着，谁就会得胜"[1]；在《"九一八"致弟弟书》中，她对青年有坚定的信心："你们都是年轻的，都是北方的粗直的青年。内心充满了力量，……你们都怀着万分的勇敢，只有向前，没有回头"，"中国有你们，中国是不会亡的"[2]。

1935年《生死场》的出版，无论是对萧红而言，还是对东北作家群，甚至对当时的左翼文学来说，都是一个新的高度，充满深刻的力度。萧红对人深沉而彻底的关怀、对当时中国人的人生的关注、对中国人生命价值的痛切感受和对改造生活方式的热切希望充溢在小说的每一个字中，冷峻而炽热。更为

---

[1] 萧红.萧红全集：八月天.武汉：华中科技大学出版社，2015：219.

[2] 同①223，225.

重要的是，萧红对人性的透视，她对民间原生的、粗犷的生命状态与文化的感知与接纳，使她能超越个体之悲，超越生命之痛，而以宽广的关怀与理解成功书写人类、土地与生死这样宏大的命题。

【我来品说】

> 1.《生死场》中写了一系列的"生"与"死"，从中反映了萧红怎样的生死观？这和鲁迅的思想有什么相似之处？
>
> 2. 结合萧红的人生经历，《生死场》对于萧红而言，意味着什么？

第三章 《呼兰河传》：漂泊灵魂的精神皈依

导读

1940年，萧红完成《呼兰河传》。在《呼兰河传》中，萧红以故乡呼兰为背景，讲述了生活在这个小城中的各色人物，并饱含深情地展开了对童年往事的回忆。茅盾在该书序言中称它为"一幅多彩的风土画，一串凄婉的歌谣"。当代作家迟子建认为："萧红用这部小说，把故园中春时的花朵和蝴蝶，夏时的火烧云和虫鸣，秋天的月光和寒霜，冬天的飞雪和麻雀，连同那些苦难辛酸而又不乏优美清丽的人间故事，用一根精巧的绣花针，疏朗有致地绣在一起，为中国现代文学打造了一个独一无二的'后花园'，生机盎然，经久不衰。"[1]

---

[1] 迟子建.落红萧萧为哪般//迟子建散文精选.武汉：长江文艺出版社，2018：158.

碎片化书写中的温情与孤独

　　《呼兰河传》是萧红的人生传记，是她儿时生活与成年心境的一次对话和连接，既带有孩童的天真稚气，又饱含成人世界的敏感；既有孩童的留恋，也有成人的深刻和批判；既有日常的温情，也有苍凉的哀恸。欢愉与悲悯、优美与肮脏、热爱与尖锐共同交织在这部有着复杂声音的作品中。

　　1911年6月，萧红出生于呼兰县，1930年离开家乡，1940年完成《呼兰河传》的创作。正如叙利亚诗人阿多尼斯所言："你的童年是小村庄，可是，你走不出它的边际，无论你远行到何方。"①萧红正是在远方回望北方的呼

《呼兰河传》绘本插画（侯国良）

————————————

　　① 阿多尼斯.我怎么称呼我们之间过去的一切？.薛庆国，译.南京：江苏凤凰文艺出版社，2018：49.

兰河，在遭遇苦痛和无助时追忆自己独特的童年时光。在离开家乡到病逝他乡的人生旅程中，萧红留下了一部回望童年的作品，然而这部作品又不像林海音的《城南旧事》般对童年追忆与眷恋得格外浓厚，反而在儿童的天真中暗藏着成年的苦涩和漂泊的离愁。作为一部自传性的小说作品，《呼兰河传》对萧红人生历程的记述是极其微小的一部分，甚至对萧红童年的刻画也只是片段式的。人们往往会为《呼兰河传》中温馨的情节所吸引，被温暖的片段打动，但不可忽略的是，这是萧红在自己"晚年"所进行的创作，是她人生最后阶段的回忆与思考。这其中固然有儿童的天真烂漫，但更多的则是成人的孤独和忧伤。

《呼兰河传》共有七章。开篇主要讲呼兰河小城里平凡人的日常生活。这是一座北方小城，有着卖豆芽菜的、卖凉粉的、卖麻花的、卖瓦盆的、卖豆腐的等各种平凡小人物。紧接着便写到"卑琐平凡的实际生活"之外，还有诸如跳大神、放河灯、唱野台子戏、逛四月十八娘娘庙大会等"盛举"，与祖父和祖母的生活，在后花园的时光；描述"我家"的境况后，便把视角移到别处，写了小团圆媳妇之死、有二伯的故事和磨房里"冯歪嘴子"一家的故事。当代作家格非认为，"《呼兰河传》最奇妙的地方，一个是它的视角，它的视角特别独特，它由一种全知视角过渡到一个由我带入之后的限制视角。同时也有一种俯瞰性的角度，把自己带入，然后来描述芸芸众生"①。《呼兰河传》的写作手法和《生死场》有相似之处，结构上并没有紧凑和完整的主线，也没有中心故事和主角人物。萧红把目光放在了对日常生活场景的铺陈与普通人物跌宕命运的刻画上。

　　《呼兰河传》描写的是故乡，带有稚拙的美，这是萧红笔端的一抹亮色。在孩童的眼中，呼兰河的人们过着一种自由且自足的生活。这里的人们，"冬天来了就穿棉衣裳，夏天来了就穿单衣裳。就好像太阳出来了就起来，太阳落了就睡觉似的"②。在七月十五盂兰会放河灯的集体性活动中："河灯有白菜灯，西瓜灯，还有莲花灯。和尚、道士吹着笙、管、笛、箫，穿着拼金大红缎子的褊衫。在河沿上打起场子来在做道场。那乐器的声音离开河沿二里路就听到了。……大家一齐等候着，等候着月亮高起来，河灯就要从水上放下来了。"③萧红用简简单单的文字，写出了呼兰河人们日复一日的生活，有一种难得的清朴。后来，萧红在《给流亡异地的东北同胞书》中用充满深情的笔调写下：

---

　　① 格非.不要割裂她的作品.文艺报，2011-07-06.
　　② 萧红.萧红全集：呼兰河传.武汉：华中科技大学出版社，2015：182.
　　③ 同②188-189.

家乡多么好呀，土地是宽阔的，粮食是充足的，有顶黄的金子，有顶亮的煤，鸽子在门楼上飞，鸡在柳树下啼着。马群越着原野而来，黄豆像潮水似的在铁道上翻涌。[①]

《呼兰河传》描写的还是童年，带有天真和烂漫的色彩，这是萧红人生中短暂而珍稀的宝贵时光。它写到鸡犬牛羊、蚊蝇蝴蝶、草堆柴垛，以加深对当地生活的渲染。孙犁在读了萧红的作品后，曾有这样中肯的评价："萧红最好的作品，取材于童年的生活印象，在这些作品里不断写到鸡犬牛羊，蚊蝇蝴蝶，草堆柴垛，以加深对当地生活的渲染。这也是三十年代翻译过来的苏联小说中常见的手法。萧红受中国传统小说影响不大，她的作品，一开始就带有俄罗斯现实主义文学的味道，加上她的细腻笔触，真实的情感，形成自己的文字格调。初读有些生涩，但因其内在力大，还是很能吸引人。她有时变化词的用法，常常使用叠句，都使人有新鲜感。她初期的作品，虽显幼稚，但成功之处也就在天真。她写人物，不论贫富美丑、不落公式，着重写他们的原始态性，但每篇的主题，是有革命的倾向的。不想成为作家，注入全部情感，投入全部力量的处女之作，较之为写作而写作，以写作为名利之具，常常具有一种

---

① 萧红．萧红全集：八月天．武汉：华中科技大学出版社，2015：218.

不能同日而语的天然的美质。这一点，确是文字生涯中的一种奥秘。"[1]在《呼兰河传》的第三章，作者完全用儿童的视角和体验来讲述呼兰河，特别是后花园的童年时光，这也是萧红的人生记忆与笔下创作中关于童年记忆最美好的部分。这个后花园是一方自由自在、生机勃勃的天地，这里有孩童的肆意和慈爱的祖父："花开了，就像花睡醒了似的。鸟飞了，就像鸟上天了似的。虫子叫了，就像虫子在说话似的。……要做什么，就做什么。"[2]在童年的后花园中，萧红和祖父在园子除草，她误把狗尾巴草认作谷穗，还和祖父辩论；她会采摘野花，然后戴在祖父头上。园子里淹死的小猪、鸭子，祖父会用黄泥包裹，烤了给她吃。而年幼的萧红就想着赶一群鸭子到井边，如果鸭子掉下去一只，祖父又可以烤鸭子给她吃了。因此，萧红说："等我长大了，祖父非常地爱我。使我觉得在这世界上，有了祖父就够了，还怕什么呢？"[3]每当我们读到这些文字，重温萧红和祖父在后花园度过的天伦时光，就会感到那段时光仿佛一股温暖而纯真的暖流，流淌进我们心里，带给我们一种纯美的生

---

① 孙犁.读萧红作品记//荷花淀.武汉：长江文艺出版社，2020：187-188.

② 萧红.萧红全集：呼兰河传.武汉：华中科技大学出版社，2015：215.

③ 同② 227.

命体验。

　　然而，这样的时光在祖父的离世中戛然而止，"我懂得的尽是些偏僻的人生，我想世间死了祖父，就没有再同情我的人了"①。萧红的童年是布满灰色阴霾的，唯有祖父给她带来过一段宝贵的纯真时光；祖父的慈爱和呵护，为萧红的灰色时光洒进了阳光。然而，随着祖父的离世、萧红的长大，荒凉与孤独感成为萧红人生的底色，也弥散在《呼兰河传》中，带有挥之不去的凄怆。

　　创作《呼兰河传》时，萧红已经长大成人，已经远离了故乡，感受到了人生的漂泊和生命的破碎。因此，《呼兰河传》并非单纯的童年回忆，还有成人世界的冷静和悲凉。《呼兰河传》中成人化的视角和情感，又为温馨的基调注入了锐利批判的笔触。当萧红说出"我家的院子是很荒凉的"这样的句子时，这显然已经不是小萧红的语调，而是成年后的萧红对人生无常发出的感慨，天真和纯粹的爱终将是短暂而易逝的。再看到漏粉的和拉磨的那群人，感受过成年人的无奈和心酸后，萧红直言"他们就是这类人，他们不知道光明在哪里，可是他们实实在在地感得到寒凉就在他们的身上，他们想击退了寒凉，

---

　　① 萧红.萧红全集：商市街.武汉：华中科技大学出版社，2015：231.

因此而来了悲哀"①。

萧红还以成人视角对呼兰小城的封建陋习进行反思，冷静地剖析女性被压迫和折磨的命运，注视着国民性格中麻木的奴性思想。这是《呼兰河传》的沉重之处。例如，书中写到最具悲剧色彩的小团圆媳妇的悲惨一生，她进了胡家做童养媳，婆婆和家人为了调教她，使她乖巧顺从，便对她狠下折磨：把她吊在横梁上，用皮鞭狠狠地打她，还用烧红过的烙铁烙她的脚心，甚至当众给她"洗澡"……最终，"黑忽忽的、笑呵呵的小团圆媳妇"被她的婆婆折磨致死，在半夜默默死去，而有二伯和老厨子竟还对此说了句"人死还不如一只鸡"。小团圆媳妇的悲惨命运是《呼兰河传》，也是整个中国现代文学史上最悲痛的所在，透过它，我们看到一个半新半旧世界中巨大而幽暗的人性深渊。小团圆媳妇的婆婆还因为她儿子踏死一只小鸡仔，把儿子打了三天三夜，因为她认为"养鸡可比养小孩更娇贵"。这是儿童化的视角难以描绘的触目惊心，是悲凉的现实，是深刻的愚昧和残忍，是乡土世界的灰色和黑暗，是萧红有意突破温馨与纯真而进行的国民性批判。萧红不避讳这些残暴的恶行就发生在她童年的邻里生活中，使人在阅读《呼兰河传》时有着强烈而持续的悲痛暗流。因此，一方面，我们

---

① 萧红.萧红全集：呼兰河传.武汉：华中科技大学出版社，2015：255.

感受到《呼兰河传》中宽松自由的童年快乐；另一方面，我们也不得不直视20世纪初期，中国社会中充满着的封建、腐朽和愚昧，这是真实而残酷的萧红的童年，也是真实而残酷的当时中国之境。其实，《呼兰河传》中的那群人，也都还是《生死场》中的那群人。在《生死场》中，萧红完全是以成人的批判与冷静去书写。而在《呼兰河传》中，萧红借用了童年的自己，一面将珍贵而短暂的童年快乐洋洋洒洒地写出来，一面又以孩童的眼光再去回望他们，淡化了生死的浓重阴郁，但是依旧直面生死的问题，增加作品双重而复杂的意蕴。《呼兰河传》依旧暗含着萧红对"人"的思考、对文明衰落的反思、对生存出路的探索、对人类生存方式的哲理性思考。

除去人性的幽暗带来的刺痛和震撼之外，《呼兰河传》还保持着低回的忧伤。作品的最后写道："呼兰河这小城里边，以前住着我的祖父，现在埋着我的祖父。""老主人死了，小主人逃荒去了。"①呼兰河曾经的记忆都因为生命的离去而成为尘封的回忆，因此，萧红说："满天星光，满屋月亮，人生何如，为什么这么悲凉。"②写《呼兰河传》的时候，萧红几乎遍尝人间悲苦，离家出走的漂泊、忍饥挨冻的苦难、分崩离析的

---

① 萧红.萧红全集：呼兰河传.武汉：华中科技大学出版社，2015：368.

② 同①187.

爱情……当萧红已经年近三十之时，也是她靠近生命的终点之时。当一个人比较清醒地意识到身处人生最后阶段时，这个人往往会对故乡有着强烈的思念。萧红一面追忆过去的时光，想念和祖父在一起的温馨，一面又深陷在当下凄风苦雨的生活之中。童年仰望过的月亮和星光已经充满了满腹悲凉，这种感受在萧红的笔下和生命中到处都是。

随性而作的诗意笔法

　　茅盾曾在1946年《呼兰河传》的再版序中写道："要点不在《呼兰河传》不像是一部严格意义的小说，而在它于这'不像'之外，还有些别的东西——一些比'像'一部小说更为'诱人'些的东西：它是一篇叙事诗，一幅多彩的风土画，一串凄婉的歌谣。"[1] 萧红是中国现代文学史上有才气、有个性的作家，她的小说是一种特别的样本，这种"独特"体现在小说艺术构成和艺术表现的方方面面。

　　《呼兰河传》不仅在内容上吸引人，更为重要的是它有一种独特的写作笔法，包括了随性的结构、绘画的手法和独特的语言。

　　《呼兰河传》在结构上具有随性而作、碎片形式的重要特点，这些特点与萧红本身的性格是契合的，她没有宏伟壮阔的小说写作野心，更多是情绪性的、感受性的、直觉性的，但这

---

　　[1] 茅盾.《呼兰河传》序//萧红.萧红全集：呼兰河传.武汉：华中科技大学出版社，2015：145.

种写作往往又来得精准。

小说共有七章，这是整部小说的枝干和骨架。第一章仿佛是一个引子，以广角的视野勾勒出呼兰小城的总体格局：十字街、东二道街、西二道街、若干小胡同，没有精细的描写和工笔的细腻，而是用粗犷的线条绘制一个轮廓，这是地理和气候上的轮廓。紧接着，在第二章同样是高度概括笔法，萧红落笔在呼兰小城人们生活的整体面貌的刻画上，这里有各种各样的娱神活动：大泥坑、染缸房、扎彩铺、跳大神、放河灯、看野台子戏、逛娘娘庙大会，喧嚣而热闹，这是呼兰河人的精神世界。基本通过前两章的内容，就可以对呼兰河的人文地理有大致的了解和掌握——北方旷野的原始和神秘呼之欲出。接下来则选取了呼兰河中与"我"关系最密切的一处进行刻画——后花园。小说的最后三章，可以说是萧红在童年叙事中有意加入的深刻反思，刻画了滑稽、愚昧的灰色人物，有二伯和冯歪嘴子一家。在《呼兰河传》的人物描写中，无论是祖父，还是小团圆媳妇、有二伯、冯歪嘴子等人，这些人物之间没有复杂而紧密的关系，他们仅仅是共同生活在呼兰河的一群人，萧红选择这些人物，仅仅也来自印象的深刻，而非为了某个中心情节特意选取，甚至对于每个人物的篇幅也没有精心地安排与设置，需要的时候就多写，需要减省的时候就简化，结构的匀称和叙述的严整不是萧红所追求的，因此萧红的小说中有许多

毫无规律的长短句，有的地方精简到就两三个字。这样的安排也许会给人视觉上的突兀之感，让人看到这里的时候有些停顿，这是作家的刻意为之，用断裂来打断小说紧凑的叙事节奏，这也可以看作"萧红体"的一种范式，散漫但是不零碎，这是需要极其高超的写作艺术和匠心运用才能得以实现的。如同萧红其他的作品《生死场》《马伯乐》等，都有一种不像小说但实为小说的双重感觉，这就是萧红的"特别"，萧红是主张小说的独特性与创新性的。某种程度上，萧红相信作家对小说文体的创新能力，小说不能仅仅是作家虚构的，而应是与作家的人生、性格与气质同构的。于是，萧红创造了一种新型小说——诗化的小说、散文化的小说。明丽和幽暗互相穿插、轻松和沉重相互交织，形成了小说跌宕起伏的叙事脉流，使得《呼兰河传》有了更丰富的色彩、更复杂的构图形式。

【经典品读】

> 青年人久住在这样的家里是要弄坏了的，是要腐烂了的，会要满身生起青苔来的，会和梅雨天似的使一个活泼的现代青年满身生起绒毛来，就和那些海底的植物一般。洗海水浴的时候，脚踏在那些海草上边，那种滑滑的粘腻感觉，是多么使人不舒服！慢慢地青年在这个家庭里，会

变成那个样子，会和海底的植物一样。总之，这个家庭是待不得的，是要昏庸老朽了的。

——萧红《马伯乐》节选

　　体验性与情感性是《呼兰河传》谋篇布局的依托。萧红是一个注重情感体验的作家，也正是她人生中复杂而多样的情感体验赋予了她敏锐的表达方式，她往往捕捉到生活中一个场景、一个片段、一个瞬间，进而深陷到生活的细节中。在中国传统小说中，线性时间的流动与情节前后的因果对于小说的结构来说，至关重要。一方面由于萧红的气质与性格，另一方面在于《呼兰河传》所面对的是一个尘封和滞后的乡土世界，如果选用时间的现行流动加以刻画，则需要在一个很长的时间维度中方可呈现多变的人生脉络；而萧红是要在凝滞的历史与乡土秩序中，写一种永恒的轮回与循环，写人就在这种长时间的停滞中生与死的故事，传统小说的写法对于萧红叙事来说，是难以利用的。因此，《呼兰河传》中没有一个中心情节，更没有中心人物，我们很难以传统小说的美学方式来分析它，生活片段与流动的情感才是《呼兰河传》的核心，非情节化、非戏剧化的《呼兰河传》由此具有了散文特征。

　　除却内容上的随性流动，《呼兰河传》描绘的"多彩的风

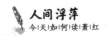

土画"也是随性流动的,《呼兰河传》中的景别不是机械地展现,而是变换着视角,融入了作家深刻而独到的体验,这是一个交织着温馨与幽怨的北方世界。随兴的结构给《呼兰河传》增加了象征性和浓缩性的"点缀"。有学者指出:"象征性和浓缩的抒情性画面,是全书画幅中的基本组成部分。"①例如小说中写到"泥坑":"东二道街上有大泥坑一个,五六尺深。不下雨那泥浆好像粥一样,下了雨,这泥坑就变成河了,附近的人家,就要吃它的苦头,冲了人家里满满是泥,等坑水一落了去,天一晴了,被太阳一晒,出来很多蚊子飞到附近的人家去。同时那泥坑也就越晒越纯净,好像在提炼什么似的,好像要从那泥坑里边提炼出点什么来似的。"②"大坑"是学界讨论的一个热点话题,有的学者认为"大坑奠定了全文的基调——无助、困窘和悲凉"③。这里的"泥坑"既是普通的水洼,也是人生的某种状态、生命的某种低谷和痕迹,它提炼出的东西,就像人的逆来顺受、坚忍顽强的品质一样,同时,它也充满了凉薄、不堪,这是萧红对人生的体察。同样,小说中还写到扎

---

① 刘勇,张悦.."萧红现象"的文化意义.北京联合大学学报(人文社会科学版),2016(1).

② 萧红.萧红全集:呼兰河传.武汉:华中科技大学出版社,2015:153.

③ 同①.

彩铺中"好的一切都有，坏的不必有"的情景，同样具有象征意义。穷人忙碌着扎彩铺，以便富人购买，以此维持生计；富人不仅享受了此世的安乐，还要占用来世的享乐，穷人的悲哀便在此处显现。

【经典品读】

卖馒头的老头，背着木箱子，里边装着热馒头，太阳一出来，就在街上叫唤。他刚一从家里出来的时候，他走的快，他喊的声音也大。可是过不了一会，他的脚上挂了掌子了，在脚心上好像踏着一个鸡蛋似的，圆滚滚的。原来冰雪封满了他的脚底了。他走起来十分的不得力，若不是十分的加着小心，他就要跌倒了。就是这样，也还是跌倒的。跌倒了是不很好的，把馒头箱子跌翻了，馒头从箱底一个一个地滚了出来。旁边若有人看见，趁着这机会，趁着老头子倒下一时还爬不起来的时候，就拾了几个一边吃着就走了。等老头子挣扎起来，连馒头带冰雪一起拣到箱子去，一数，不对数。他明白了。他向着那走不太远的吃他馒头的人说：

"好冷的天，地皮冻裂了，吞了我的馒头了。"

行路人听了这话都笑了。他背起箱子来再往前走，

那脚下的冰溜，似乎是越结越高，使他越走越困难，于是
背上出了汗，眼睛上了霜，胡子上的冰溜越挂越多，而且
因为呼吸的关系，把破皮帽子的帽耳朵和帽前遮都挂了霜
了。这老头越走越慢，担心受怕，颤颤惊惊，好像初次穿
上滑冰鞋，被朋友推上了溜冰场似的。

——萧红《呼兰河传》节选

《呼兰河传》在创作思绪上的随意流动，还体现在将描绘乡土世界与个人成长经历相结合，将冷眼观察的写实与诗化的笔触相协调。例如，小说的第一章，就像一篇写景式的民俗散文。它从北方的严寒写起，可以说是花费漫天的笔墨写东北彻骨的寒冷。从"严寒把大地冻裂了"写到"人的手被冻裂了"，从小缸冻裂写到水井封冻，这种视角是散文化的。更重要的是，萧红说："好厉害的天啊！小刀子一样。"萧红把自己人生的感触也投射到了东北严寒的环境中，人生的寒凉与故乡的寒冷融为一体。虽是远离家乡，但天寒地冻的境遇似乎从来不曾远离萧红。第一章接着写小城里的简单而有趣的布局：繁杂的十字街、有鄙陋的学堂的西二道街、破败的东二道街。萧红写了她童年走过的大街小巷，写到大小胡同中人们整日的生活，写卖麻花的、卖凉粉的、卖瓦盆的、

卖豆腐的、换破烂的……甚至对卖豆腐还有专门的一段回忆："晚饭时节，吃了小葱蘸大酱就已经很可口了，若外加上一块豆腐，那真是锦上添花，一定要多浪费两碗苞米大芸豆粥的，一吃就吃多了，那是很自然的，豆腐加上点辣椒油，再拌上点大酱，那是多么可口的东西；用筷子触到了一点点豆腐，就能够吃下去半碗饭，再到豆腐上去触了一下，一碗饭就完了。因为豆腐而多吃两碗饭，并不算吃得多，没有吃过的人，不能够晓得其中的滋味的。"[①]萧红不是靠精心准备和事先预料进行写作的，她是跟随自己的回忆、跟随自己情感的流动，在想落笔的时候停下笔触，在想着墨的地方肆意挥洒，这种写作的自由也成就了萧红《呼兰河传》独特的体式。而读者就这样被吸引着，跟随萧红在乡俗生活的情景中细细观赏。我们会发现，萧红笔下的这些片段、场景，似乎都可以单独摘录出来，成为散文的片段，抑或是独立成为一篇散文，它们的自足性那么强，文字的饱和度完全足够撑得起来一篇独立的文章，这是《呼兰河传》神奇的地方。就像萧红生前的好友聂绀弩回忆的那样，他曾和萧红有过这样一段对话——聂绀弩说："萧红，你会成为一个了不起的散文家，鲁迅说过，你比谁都更有

① 萧红.萧红全集：呼兰河传.武汉：华中科技大学出版社，2015：176-177.

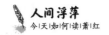
前途。"①但萧红并未满意于朋友这种避开"小说家"而只谈"散文家"的赞誉。她说:"有一种小说学,小说有一定的写法,一定要具备某几种东西,一定写得像巴尔扎克或契诃夫的作品那样。我不相信这一套,有各式各样的作者,有各式各样的小说。"②这完全展示了萧红对小说写作的美学见解和艺术追求。小说写作应该是文无定法。小说最大的特色应该是文体上的创造,不仅仅是关注情节的出奇。只有足够优秀的作家才能创造小说创作的体式,甚至大胆地向以巴尔扎克、契诃夫为代表的现实主义典范作品提出挑战。萧红就是这样践行的,她对小说有自身的审美定位和需求,这是她表达自我和感知世界的独特方式,也是才华横溢、不拘格套的作家应有的品格。

① 聂绀弩.序《萧红选集》:回忆我和萧红的一次谈话(外纪念诗词五首)//聂绀弩集:上.广州:花城出版社,2016:263.

② 袁权.萧红与鲁迅.北京:华文出版社,2014:209.

"画出"的《呼兰河传》

  《呼兰河传》之所以不同于传统的小说，更大程度上源自萧红绘画的视角和艺术表达方式。萧红曾专门学习过绘画，对于绘画的表达方式有自己的见解，这也很自然地融入了她的小说创作之中。因此，有的学者认为，萧红是以绘画感谋篇布局，最终"画出"了《呼兰河传》。绘画性不是《呼兰河传》写出来的，而是《呼兰河传》本身的特质。

  一般来说，"传"的写作方式，便是以时间为维度，进行谋篇布局，时间的线性流动对于情节的推动有着引领的作用。但仔细阅读《呼兰河传》会发现，呼兰河这座小城的故事，不是在时间线上进行的，而是在空间上铺展开来的。小说先创设了一个整饬有序的统一空间，进而将这个空间的物产、人物、风俗等依次排开，就像绘制《清明上河图》一般，萧红先把《呼兰河传》的元素归置到空间应有的位置之上。《呼兰河传》就像是绘画空间艺术的核心，成为一个场域，将零散而性质复杂多样的元素聚合在一起，由此产生空间张力。

　　绘画性的小说写作形式给作品创设了独特的抒情氛围。《呼兰河传》充满着形式自由、韵味浓郁的抒情格调。我们跟随着萧红的笔触，感受情绪的蔓延和起伏。萧红刻画的主人公是她童年时的普通人，叙述的事情是发生在她童年的寻常事，描写的世界是她切身体会过的真实世界。因此，在萧红的笔下，这些人物、生活、情感是自然而然流淌着的，不是刻意网罗的写作素材，而是经历过情绪起伏的记忆。就像萧红在写作《生死场》的时候说过的那样，她从未以俯视的姿态去看待她笔下的那些人物，而是和他们站在一起，在他们的身边，写他们的故事。她与这些受苦的人是一起受苦的，这种苦难是集体性的、共享的，因此，《呼兰河传》中的情感必然是恳挚、纯朴的，而人生的悲哀也更加扎实、深广。

　　《呼兰河传》体现了萧红独有的抒情方式。一方面，萧红和她崇敬的导师鲁迅不同，她不像鲁迅创作小说那样言辞之间有诸多深邃和艰涩之语；另一方面，就传记体小说来说，她也不似以"自叙传"小说出名的郁达夫那样，过于袒露与直白。在萧红这里，她富于幻想，把一切情绪性的印象、一切给她刺激的画面都诉诸笔端；她带着特殊的敏感与一颗诗人的灵魂，给写人叙事增加了深度，增加了抒情的浓度。在《呼兰河传》中常常可以看见诗歌式的形式抒情。例如，当夜深人静，跳神的鼓又敲响时，有这样一段话："满天星光，满屋月亮，人生何如，为什么如此悲凉。……跳到了夜静时分，又是送神回山，送神的鼓，个个都打得漂亮。若赶上一个下雨的夜，就特别凄凉，寡妇可以落泪，鳏夫就要起来彷徨。"①这不是小说惯常的描写方式，也不是完全散文化的表达，而是诗歌式的独语，这段话有自己的节奏、韵律、情绪和想象。它不是去模仿生活，而是传达生活的诗思，它赋予人心灵上细腻、微妙的阴郁美感。学者张梦阳曾以为，萧红的《呼兰河传》是以苍凉、幽渺的笔锋写出了幽美的故事。②作家阿来曾用斯宾诺莎的"自然神性"来看待萧红的《呼兰河传》，他认为："《呼兰河传》中有一条始终在流淌的、闪闪发光的、蜿蜒曲折的河流。这既是一个地理存在，也是一种情感状态。重要的是，围绕这个河流，派生出来民俗、文化的东西。萧红在处理这些东西的时候，并没有将其规定成一个民俗，而是把它作为自然的一部分。我们会简单地把它归结成一种诗意，但是如果仅仅是谈诗意，可能很难把这部作品感动人打动人最本质的东西传达出来。我感觉里面包含着一种更高的诗意，或者说哲学上神性的因素。"③

---

① 萧红.萧红全集：呼兰河传.武汉：华中科技大学出版社，2015：187，188.

② 张梦阳.萧红的灵异与气场.中华读书报，2011-01-11.

③ 阿来.寻找更高的诗意.（2011-07-06）[2023-07-10].www.chinawriter.com.cn/bk/2011-07-06/54519.html.

　　《呼兰河传》还体现了萧红对语言的独特掌控。萧红的笔是平静的，她用轻松的语调娓娓道来一件件北方的遥远往事，有温馨的，有沉重的，让读者追随她的叙述，一起回望和深思。如果说《生死场》中的语言还带有作家客观冷峻的克制，《呼兰河传》则更加贴近东北乡村大地，更加质朴和日常，更加具有充满温情的体谅。例如，《呼兰河传》中曾用到"拉大锯拉大锯，姥姥家唱大戏"这样质朴直接的东北民谣。还有"呼兰河的人们就是这样，冬天来了就穿棉衣裳，夏天来了就穿单衣裳。就好像太阳出来了就起来，太阳落了就睡觉似的"这样原生态的、直白而不加修饰的语言。这种语言方式在《呼兰河传》中随处可见，让人倍感新鲜和亲切。

　　《呼兰河传》在遣词造句方面，呈现出一种浅白的美学特征。可以看出，萧红在将日常生活中的口语融入写作方面付出的努力，创造富有艺术表现力的纯净的现代文学语言。浅，意味着不晦涩和不故作深邃。因此，我们看到《呼兰河传》中的一些片段入选了中小学语文课本，直接原因就在于其语言的平易与简易。此外，萧红在无拘无束的语言表达中释放了留白的空间，语言不事粉饰，而以简洁浅白见长，以自然本色为追求，这样的语言美学特征和张爱玲有很大的反差。萧红自然而然地表达，娓娓动听，在自由酣畅中暗藏神韵。萧红看似漫不经心的写作，却达到了圆熟的审美效果。她笔下对生活中平平无奇的琐事的叙述，看似是重复的、多余的话语，絮絮叨叨，却并不令人厌烦，甚至在重复中让人更觉出了其中久被忽略的生活气息。纯净的语言、浅白的叙事、自由的重复，其实都是萧红在采取适宜自己情感意向和心理喜好的创作方式，是从她的创作心理中自然而然流淌而出的。她信手拈来她熟悉透顶、运用自如的语言，以文字来组织和表现情绪的流动，情感力使得她浅近的语言毫无隔膜的障碍，依旧具有打动人的力量；她小说中的语言，如散文、诗歌一样生动形象，富有节奏和韵味。

【经典品读】

> 我家的院子是荒凉的，冬天一片白雪，夏天则满院蒿草。
>
> 风来了，蒿草发着声响，雨来了，蒿草梢上冒烟了。
>
> 没有风，没有雨，则关着大门静静地过着日子。
>
> 狗有狗窝，鸡有鸡架，鸟有鸟笼，一切各得其所。唯独有二伯夜夜不好好地睡觉。在那厢房里边，他自己半夜三更的就讲起话来。
>
> "说我怕'死'？我也不是吹，叫过三个两个来看！问问他们见过'死'没有！那俄国毛子的大马刀闪光湛

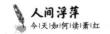

亮，说杀就杀，说砍就砍。那些胆大的，不怕死的，一听说俄国毛子来了，只顾逃命，连家业也不要了。那时候，若不是这胆小的给他守着，怕是跑毛子回来连条裤子都没有穿的。到了如今，吃得饱，穿得暖，前因后果连想也不想，早就忘到九霄云外去了。良心长到肋条上，黑心痢，铁面人……"

——萧红《呼兰河传》节选

"萧红从十九岁离家出走，漂泊十年，逛遍大半个中国，中间历经饥寒、战争、逃难、逃婚、生育、和男人的伤心事，身体的衰败、内心的动荡……为的是写这样一部小说，写这一部安稳的、平静的、温暖的、跟她的传奇经历绝无关系，事实上又有绝大关系的小说。"[①]《呼兰河传》既有儿童语言的率真、天然，也有成人的敏感、细致和深思；既有平凡琐碎的日常生活，也有透析生存现状的暗示。萧红在《呼兰河传》中完成了精神的返乡，也在生命的最后关头留下了一部惊世的作品。

---

① 章海宁.萧红印象·记忆.哈尔滨：黑龙江大学出版社，2011：434.

【我来品说】

1.《呼兰河传》中描绘了一段怎样的童年时光?

2. 有人说《呼兰河传》没有写到太多萧红父亲和母亲的身影，是一部不完整的自传，你怎样看?

第四章

《小城三月》：人生悲剧的隐喻

导读

1941年7月，《小城三月》发表于香港的《时代文学》杂志。到了八九月间，萧红经常失眠、咳嗽、发烧、头痛，随即住院治疗。1942年1月12日，萧红在战乱中手术失败，1月22日就凄凉地离开了这个世界。经历了爱情、战火以及革命，萧红在病榻前完成了她的绝笔之作——《小城三月》。萧红写《小城三月》的时候，她的意识还是很清醒的。作为萧红的绝笔，《小城三月》艺术地、高度象征地概括了她的一生。从叙事节奏来看，小说前五分之四都是松散的，后五分之一突然写翠姨的骤然离世，这也是萧红生命旅程

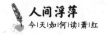

的象征，《小城三月》是她在生命最后时光中的情感托底和灵魂之问。要读懂萧红，不仅要读懂《生死场》《呼兰河传》，还必须读懂她的绝笔《小城三月》，这是萧红最后的精神传记。

1948年1月香港海洋书屋
印行的萧红《小城三月》书影

最经典也最深刻的自传

作为绝笔，《小城三月》在萧红整个创作生涯中具有不可磨灭的地位，也是洞悉萧红人生最后阶段的精神世界的重要途径。这样一部看似叙事从容、情感温婉的作品究竟反映了萧红怎样的情感世界和精神追求？在萧红生命的最后阶段，她应该会想到自己，会不断回味30年人生的况味，会在脑海中闪现人生中重要的情感记忆。其实，《小城三月》写的不仅是翠姨的爱情悲剧，更是萧红自己一生的悲剧。《小城三月》才是萧红最经典也最深刻的自传。

《小城三月》全文共一万三千余字，也就是一篇中短篇小说的体量。故事讲述了翠姨悄悄地爱上了"我"的堂哥，但是几乎没有人能察觉到翠姨心底的强烈爱情，甚至被她深爱着的堂哥也不知她为何悲寂低沉。翠姨被家人安排和另一个男人结婚时，翠姨却日渐消瘦，最后悄然病逝。小说的内核其实就是一个女子的爱情在不被觉察之时就枯萎殆尽，最终女子的生命也付之而去的故事。本就是短篇小说的篇幅，萧红却用超过一半的篇幅写翠姨那些犹犹豫豫的琐事，而从翠姨生病到去世，所占篇幅却相对较少。这样的叙事节奏是少见的，叙事速度由缓慢到突然加快，翠姨生命的消逝如此迅速，故事戛然而止。那位被深爱着的堂哥此后提起翠姨，"虽常常落泪"，却不知翠姨为什么死，"大家也都心中纳闷"。更为值得叹息的是，翠姨是从蒙昧中觉醒的向往新文化的人，但新思想到底不能赋予她生命的意义，使她获得自由的人生，甚至没能拯救她。这不由得让人联想到萧红人生的后半段，甚至和萧红生命的突然结束、31年的人生戛然而止有某种暗合。

《小城三月》作为萧红精神上的自传，关注的依旧是东北乡村中的日常人事。《小城三月》的开头与《呼兰河传》相似，通过对萧瑟荒远的东北大地的描写，构建了一个独有的叙事空间。《小城三月》的故事以春天始，以春天终。春天里，翠姨恋爱了。翠姨青涩的爱情和"我"对翠姨爱情的了解都发生在春天。然而三年以后，春天的原野上已经有了翠姨的新坟。作者感叹春天的短暂："春天为什么它不早一点来，来到我们这城里多住一些日子，而后再慢慢地到另外的一个城里去，在另外一个城里也多住一些日子。但那是不能的了，春天的命运就是这么短。"[1]什么都没来得及做，人生就完结了，一切都还

---

[1] 萧红. 萧红全集：小城三月. 武汉：华中科技大学出版社，2015：419.

没有开始，就已经结束。这不就是翠姨的一生吗？似乎也是萧红的一生，命运总是黯然失色的。

【经典品读】

> 从此我知道了她的秘密，她早就爱上了那绒绳鞋了，不过她没有说出来就是了。她的恋爱的秘密就是这样子的。她似乎要把它带到坟墓里去，一直不要说出口，好像天底下没有一个人值得听她的告诉……
>
> 在外边飞着满天大雪，我和翠姨坐着马车去买绒绳鞋。我们身上围着皮褥子，赶车的车夫高高地坐在车夫台上，摇晃着身子，唱着沙哑的山歌："喝咧咧……"耳边风呜呜地啸着，从天上倾下来的大雪，迷乱了我们的眼睛，远远的天隐在云雾里，我默默地祝福翠姨快快买到可爱的绒绳鞋，我从心里愿意她得救……
>
> ——萧红《小城三月》节选

在翠姨的悲剧故事中，尤其强烈地寄托了萧红对人生无常的感慨，也寄托了萧红对自己情感经历感到的失落。萧红的童年缺乏父母的疼爱，虽然祖父曾经给过她一段无忧的时光，但祖父的过世让萧红再次陷入人生的冷漠。童奶奶的经历加重了萧红的孤独和敏感。孤独也给萧红带来了坚韧与执着，她对自由而纯粹的爱有更多的向往，于是她只身一人出走北平，追求独立和自由，反抗封建包办婚姻。1941年，萧红走到了人生的结尾，也陷入了回忆。原本以为离开内地可以暂时躲避战火的纷扰，寻求一方安静的写作天地，然而香港的沦陷也近在眼前。在精神的苦闷之外，她的肉体也在受着病痛的折磨，她不得不住进了医院。生活的苦闷让她心情悒悒，本就敏感的内心更觉察到时代的倾覆和个人的无助，萧红心中蔓延开的悲哀用语言是难以形容的。正是在生活长时间的积淀和情感的累积中，《小城三月》诞生了。或许萧红已无力创作长篇小说，也或许她本就不想创作长篇小说了，阅尽世事沧桑后的思绪用一个短篇小说足以道尽。

萧红在小说中的寂寞与悲哀，接续着《呼兰河传》的情绪，直接源于她与萧军感情的失败。1937年12月，萧红开始构思《呼兰河传》；1938年1月，二萧分手；1940年12月，《呼兰河传》完成；1941年3月，萧红开始创作《小城三月》。两部作品都受到同一个事件的影响，因此，她的心境是延续的和一致的。在《呼兰河传》的第四章里，出现了一个反复的咏叹调——"我家是荒凉的。"这恐怕是萧红当时内心最想诉说的苦衷和感言。萧红自己也说："……不知为什么，莉，我的心情永久是如此抑郁，这里的一切是多么恬静和幽美……然而呵，如今我却只感到寂寞！"①萧红的一生经历了逃婚、私奔、弃子等多重情感危机。我们要理性地去看待萧红短暂人生中的数次情感经历，既不可以用卫道士的眼光对此加以批判，也不可以把这些经历当作作家的谈资去看低萧红，这不是萧红身上值得消费的东西。我们要贴近萧红真实的生活、真实的家庭和真实的漂泊，再去换位思考，她是一位渴望爱情的女性，是一位珍重情感的人，也是受到过情感创伤的作家；她或许与翠姨一样，情感是隐秘的，需要独自承担生命的孤独和悲伤。《小城三月》写到的翠姨的突然离世，仿佛和萧红的人生一样；小说节奏的加快，也许来自萧红在生命最后的体悟。萧红的绝笔，延续着萧红一生的遗憾。

萧红一生都是苦难深重的，萧红与萧军的爱情最终也走向了破灭，曾经一度拯救了萧红的萧军，最终与萧红因为性格差异、追求各异等原因走向了分离，这给萧红带来了沉重的情感压力，是萧红一生无法弥合的情感创伤。萧红曾说："命运使我和萧军结合，而思想又让我们分开。"思想的分歧就是心灵的距离，这对相爱的人来说才是最深刻、最痛苦、最难弥合的分歧。萧红一生都有寄人篱下的伤痛，这是萧军从未理解到的；萧红在泥泞中渴望能自由飞翔，萧红希望萧军对她的精神世界

① 萧红.萧红全集：八月天.武汉：华中科技大学出版社，2015：202.

有深刻的理解，甚至是共鸣，但萧军很难做到。当代女诗人王小妮写了一本萧红的传记，用"人鸟低飞"作为书名，这四个字最经典地概括了萧红的一生。正如萧红自己所说："我要飞，但同时觉得……我会掉下来。"这种会掉下来的感觉，尤其体现在她的绝笔之作《小城三月》中。命运时刻要倾覆，人生随时要覆灭，萧红一直想有一个男人的坚强臂膀可以靠一下，但始终没有。萧军的肩膀是坚强的，但是破碎了；端木蕻良有肩膀，却是柔弱的。萧军说过的"爱便爱，不爱便丢开"让萧红如梦初醒。萧军对萧红的伤害，比萧红一生中其他任何人对她的伤害都深。萧红在《小城三月》中的悲叹，是一生的悲叹。在这层意义上，读懂《小城三月》，我们能对萧红的精神世界有一种更加深刻的认识。

谱写怅惘愁怨的生命挽歌

　　《小城三月》以独特的时空构建方式、独到的人物刻画与淡远的悲剧氛围，共同为命运谱写了一曲怅惘愁怨的挽歌。萧红用细致的观察与妥善的安排，把动人肺腑的悲哀和悲悯渗入文本的字里行间。

　　从《小城三月》的时间线来看，小说故事开始的时间，"大概是十五年前的时候"。如果依照萧红构思和写作的时间往前推，故事中翠姨与"我"堂哥相见大约发生在1926年。1926年的中国，新文化运动已经过去近十年，民主自由思想和先进的科学技术已经进入中国一段时间，更为重要的是，最早一批接受新式学堂教育的青年已经成长起来，甚至女性也被允许接受公共教育了，妇女不再被禁锢在封闭的家庭中。《小城三月》中，"我"的堂哥便是当时的"新青年"之一。同时，他还是个很漂亮的人物，"很直的鼻子，很黑的眼睛，嘴也好看，头发也梳得好看，人很长，走路很爽快"[1]。又加上他到哈尔滨念大

---

　　① 萧红.萧红全集：小城三月.武汉：华中科技大学出版社，2015：408.

学，接受了新的思想，穿上了西装。翠姨见到了这样的男子，当正月十五看花灯时，不免"在路上她直在看哥哥"[1]。之后，翠姨在哈尔滨亲身感受了新的社会思想，再次为某种难以言明的东西所吸引，这种东西似乎汇聚在"我的哥哥"身上。有趣的是，《小城三月》故事发生的时间，似乎和萧红自己人生的时间有了某种呼应。1927年秋，萧红在强烈的反抗下，终于走出了呼兰小县城，来到哈尔滨，进入东省特别区区立第一女子中学读书。在中学期间，她不仅读了鲁迅的《伤逝》和易卜生的《娜拉》，还寻求从旧礼教中解放新思想，想要把旧有的束缚解脱了。两个时间点上的呼应与契合，似乎也向我们昭示着：当萧红远在香港之时，她是否想起了曾经自己离家出走的经历，翠姨这个人物就自然而然进入笔下的创作了。萧红是否也在追忆曾经第一次冲出家庭的自己？是否也在进行另一重的自我叙事？或许细读《小城三月》，我们能寻找到萧红心灵上的蛛丝马迹。

《小城三月》的故事发生在1926年，进一步可以追问的是：为什么是"三月"？为什么是春天？其实，萧红对季节描写的偏好不单单体现在《小城三月》中，在很多其他的作品中也可以找到痕迹。萧红的许多作品都非常在意情节发生的时

---

[1] 萧红.萧红全集：小城三月.武汉：华中科技大学出版社，2015：411.

间，尤其是故事发生的季节。例如，《王阿嫂的死》开头便言
"秋天零落凄迷的香气"；《呼兰河传》极力刻画东北的寒
冬，以及后花园中尽情展现初夏六月的葱茏……时序对于萧红
的创作来说似乎显得尤为重要，时序和故事的人物有着互衬的
关系，也使得萧红的小说更加散文化。而翠姨的故事选择在
"三月"发生，这是冬末春初的暧昧时节，是气候乍暖还寒的
交替时分，也是人心情感摇曳的时刻。三月似乎脱离了寒冬，
但时时又能让人感受到寒冷的侵袭；虽不曾摆脱寒冷，但时序
上已然是春天。这种暧昧、混淆的阶段正是故事发生的最好时
分。小说中说的"春来了。人人像久久等待着一个大暴动，今
天夜里就要举行，人人带着犯罪的心情，想参加到解放的尝
试……"①就印证了这一点。新的季节到来的时候，新的情感也
会发生，新的自由和解放似乎也会到来。

"三月"的能指还有更丰富的内涵。故事中，翠姨初识
"我的哥哥"、心生爱慕、因爱而病、最后的病逝都发生在三
月，甚至故事暗示翠姨出嫁的日子也在二三月时节。于是，"三
月"就不单单是纯粹时间概念上的三月了，它从时间中抽象出
来，成为一种时间形式和象征。小说的开头和结尾都写三月，
开头的春天是明媚的、诱人的："三月的原野已经绿了，像地衣

———————
① 萧红.萧红全集：小城三月.武汉：华中科技大学出版社，2015：
394.

那样绿，透出在这里、那里。……草儿头上还顶着那胀破了种粒的壳，发出一寸多高的芽子、欣幸地钻出了土皮……蒲公英发芽了，羊咩咩地叫，乌鸦绕着杨树林子飞。天气一天暖似一天，日子一寸一寸的都有意思。"①就在这样的春光里，翠姨恋爱了。然而，三年以后，三月的春天不一样了："年轻的姑娘们，她们三两成双，坐着马车选衣料去了……只是不见载着翠姨的马车来"。"翠姨坟头……显出淡淡的青色"，即便城里的街巷又装满了春，暖和的太阳又转回来了，春却转瞬即逝，不禁让人感叹："春天为什么它不早一点来，来到我们这城里多住一些日子……春天的命运就是这么短。"②故事以春天始，以春天终，色调和情绪却是迥然不同的。只是一个春天过去，却渗透了翠姨爱情和命运的悲怆，三月也变得黯然失色、短促无情了。故事发生的三月与故事结束时来年的三月，形成了时间上的闭环，象征了岁月的轮回。新的生命周期继续循环，但是每一个生命的悲哀又是不同的。正是萧红安排了三月这个时间，给人四季交替的宿命之感，将故事浓重的悲哀化开，化成淡远的、持续的、久久萦绕的悲伤。

从《小城三月》发生的空间场域来看，故事超越了乡土

---

① 萧红.萧红全集：小城三月.武汉：华中科技大学出版社，2015：393.

② 同①418，419.

叙事，刻画了一种更广漠的人生悲哀。《小城三月》故事发生的空间首先是"小城"，"小城"介于城市和乡村之间，它和"三月"这个时间一样，具有模糊性和张力。城乡之间的小城是中国现代小说叙事的典型文化时空体，例如茅盾的《林家铺子》、师陀的《果园城记》、李劼人的《死水微澜》、沙汀的《在其香居茶馆里》等，都将故事设置在乡镇这样充满矛盾张力的空间中。小城是空间场域，也是历史文化寄存的主要空间形式。小城在经济模式上仍呈现自然经济的封闭和自足性特征："这个城里，从前不用大洋票，而用的是广信公司出的帖子"①。同样，婚姻模式停滞在传统里："在这里，年轻的男子去拜访年轻的女子，是不可以的。"②《小城三月》故事发生的环境是在"我家"中，这是小城中更小的时空缩影，"我家"是一个新旧杂陈的空间。一方面，"我"家的孩子都有读书的权利，叔叔和哥哥们有哈尔滨、北京等现代大都市的学习经历，甚至父亲还革过命；但另一方面，"我"家又是有势力的三世同堂、亲族庞大的传统旧式家族，对于传统的规训、婚配、门第家世都有讲究。"我家"与小城一样，有着传统与现代的两种声音，也体现着当时那个时代的症结。值得注意的是，《小城三

---

① 萧红.萧红全集：小城三月.武汉：华中科技大学出版社，2015：
401.

② 同①416.

月》的叙事时空烘托了一种较为不同的氛围。在叙述这个故事的过程中，萧红流露出了对故乡怀念的情调。其实，从《呼兰河传》开始，萧红对故土的记忆就开启了较为温馨的一面；到了《小城三月》，尽管最后是一个悲伤的故事，但人与人之间的残暴和冷酷已经减弱，更换为对命运的深刻体认。

绝望的诗情与恒久的遗憾

　　《小城三月》还为读者留下了一个哀怨的翠姨形象。翠姨身上带有清新莹洁的诗意，这种形象和自然景色相互衬托，附丽着作家的主观情意，增强了小说的抒情性。首先，翠姨是个恬静的女子，得体温和，而有才艺，总给人一种沉默的感觉。"翠姨生得并不是十分漂亮，但是她长得窈窕，走起路来沉静而且漂亮，讲起话来清楚地带着一种平静的感情。她伸手拿樱桃吃的时候，好像她的手指尖对那樱桃十分可怜的样子，她怕把它触坏了似的轻轻地捏着。"[①]这种平静的、沉稳的、细腻的风格便是翠姨的气质，仿佛是她血液里的风格；她对一切事物都很轻柔，但是内心却十分敏感。沉静和美丽的翠姨在夜间与"我"谈论的，是关于"衣服怎样穿，穿什么样的颜色，穿什么样的料子。比如走路应该快或是应该慢"[②]这样的问题。翠姨

---

① 萧红.萧红全集：小城三月.武汉：华中科技大学出版社，2015：394.

② 同① 395.

的世界是温雅而柔缓的，她不是粗枝大叶的女子，对衣物面料
和颜色的关注总让人觉得这是一个心细如发的女子。

　　小说中，萧红详细描述了翠姨买绒绳鞋和打网球的事情，
这两件事全然展现了翠姨的心绪和气质。在买绒绳鞋时，翠姨
是喜欢绒绳鞋的，但是她没有说出来。等过了两天，翠姨忽然
又提议要去买。从此，"我"才知道了她的秘密，她早就爱上了
那双绒绳鞋了，但她就是不说，把自己内心的喜欢隐藏起来，
实际上又放不下。犹犹豫豫的她最终还是错过了时机，没有买
到那双鞋子。"一直到天都很晚了，鞋子没有买到，翠姨深深地
看着我的眼睛说：'我的命，不会好的。'我很想装出大人的样
子，来安慰她，但是没有等到找出什么适当的话来，泪便流出
来了。"①因为没买到鞋子，翠姨甚至哀叹起自己的命运，翠姨
的敏感跃然纸上。于是，小说中的"我"说："她早就爱上了那
绒绳鞋了，不过她没有说出来就是了。她的恋爱的秘密就是这
样子的，她似乎要把它带到坟墓里去，一直不要说出口，好像
天底下没有一个人值得听她的告诉……"对于鞋子是这样，对
于人也是这样，对"喜欢"的表露就翠姨来说是艰难的，喜欢而
想要拥有，似乎就冒了不会拥有的风险，所以甚至连喜欢都要

――――――――――

　　① 萧红.萧红全集：小城三月.武汉：华中科技大学出版社，2015：
400.

小心翼翼。"是不是一个人结婚太早不好，或许是女孩子结婚太早是不好的！"①小说中有许多翠姨这样的感慨和犹豫。对绒绳鞋的喜欢和错失鞋子的遗憾，翠姨身上永远兼顾着这两种复杂的犹豫的情感，就像她对"我"的堂哥的爱一样，似乎也是要带到棺材里去的。喜欢的情感不可以磨灭，但错过也是无法改变的事实，在翠姨身上，善良与偏执并存的矛盾感十分强烈。

第二件事，便是对翠姨打网球的刻画。翠姨打网球时，"球撞到她脸上的时候，她才用球拍遮了一下，否则她半天也打不到一个球。因为她一上了场站在白线上就是白线上，站在格子里就是格子里，她根本不动"②。翠姨的无所适从与性格中的犹豫扭捏在打网球时尤能体现，我们不能指责和埋怨她，因为她生来孤独、感性，这样的人对生命和生活的感受比常人更加敏感。翠姨不是故作姿态，佯装矜持，而是她心中有诸多"不合时宜"的自我限制和约束。对于翠姨来说，心动是非常微小和细腻的一件事情，一旦心动了就只能坚持到底，她也愿意在自己的情感上固守坚持，同时她也不会主动把这份情感表露出来，甚至大胆地去追求自己的理想爱情，她甚至自己给自己下

---

① 萧红.萧红全集：小城三月.武汉：华中科技大学出版社，2015：403.

② 同① 406.

了定论——"她自觉地觉得自己的命运不会好的。"①正是这样一种极度的不安和自我限制，使她在动心之后备受情感的煎熬。她生了病闷闷不乐，拖延着出嫁的时间，却依然"摇着头不说什么"。翠姨在自我的限定中也给自己的生命画地为牢。

《小城三月》中弥漫着恒久的悲剧色彩。小说故事虽发生在充满希望和生机的春天，但人物的悲剧命运和语言表达久久晕散着淡然的悲哀。这种消散不掉的悲剧体验最直接地来自翠姨的爱情悲剧——爱的情感萌动了，但是最终却因为这份情感消殒了生命。

【经典品读】

> 春，好像它不知道多么忙迫，好像无论什么地方都在招呼它。假若它晚到一刻，太阳会变色的，大地会干成石头，尤其是树木，那真是好像再多一刻工夫也不能忍耐。假若春天稍稍在什么地方留连了一下，就会误了不少的生命。
>
> 春天为什么它不早一点来，来到我们这城里多住一些日子，而后再慢慢地到另外的一个城里去，在另外一个城

---

① 萧红.萧红全集：小城三月.武汉：华中科技大学出版社，2015：413.

里也多住一些日子。

但那是不能的了，春天的命运就是这么短。

年轻的姑娘们，她们三两成双，坐着马车，去选择衣料去了，因为就要换春装了。她们热心地弄着剪刀，打着衣样，想装成自己心中想得出的那么好。她们白天黑夜地忙着，不久春装换起来了，只是不见载着翠姨的马车来。

——萧红《小城三月》节选

翠姨的爱情是敏感而细腻的，一旦动心便如磐石般无法转移。翠姨并不是单恋、暗恋，而是"恋爱"——在小说中翠姨是把自己内心的这份感受看作恋爱的。翠姨和堂哥之间的关系，有着错位的认知。对翠姨而言，这份爱是自己内心强烈的情感的涌动；对于犹犹豫豫的她来说，这已经是情感上的大事件。然而，无论是她的母亲还是"我"的堂哥，都并不清楚她的爱，并未感知到在她心中已经翻涌的情感，这种情感甚至最终主导了她的命运。于是，翠姨也不说，只是寂寞地生着"病"，这种"病"既是身体上的，更多的是情感上的。越是不被外界觉察的情感，在翠姨那里越是强烈。一方面是婆家一再催娶；另一方面是翠姨沉醉在"病"中，离死亡越来越近。她心中深重的寂寞与悲哀，就在一层无法言说的隔膜中，默默加重。直到临死之前，"我"的堂哥在"我"母亲的建议下，去看望翠姨，翠姨才向"我"的堂哥表明她的心迹。这一份在翠姨看来是大胆的表露，实则十分隐晦而不知言之所衷，但仔细揣度，又仿佛大有深意：

"你来得很好，一定是姐姐，你的婶母告诉你来的，我心里永远记念着她。她爱我一场，可惜我不能去看她了……我不能报答她了……不过我总会记起在她家里的日子的……她待我也许没有什么，但是我觉得已经太好了……我永远不会忘记的……我现在也不知道为什么，心里只想死得快一点就好，多活一天也是多余的……人家也许以为我是任性……其实是不对的。不知为什么，那家对我也会是很好的，但是我不愿意。我小时候，就不好，我的脾气总是，不从心的事，我不愿意……这个脾气把我折磨到今天了……可是我怎能从心呢……真是笑话……谢谢姐姐她还惦着我……请你告诉她，我并不像她想的那么苦，我也很快乐……"翠姨苦笑了一笑，"我的心里安静，而且我求的我都得到了……"①

这是翠姨生命结束时最后的刻画，也是整个小说中翠姨

---

① 萧红.萧红全集：小城三月.武汉：华中科技大学出版社，2015：417-418.

说话最多的地方。有几处值得我们注意：一是翠姨突然拉住了堂哥的手，这一举动对于翠姨来说是"疯狂"的，从不曾有过的，甚至可以看作她临死之前的一种"放纵"。对于从不曾袒露自己爱情的翠姨来说，临死前的这一次伸手，有太多复杂而纠葛的情绪了，于是她忍不住大哭起来。这些行为都是寻常难见的，以至于接受过新思想、新教育的堂哥都为之一震，没有准备而不知道该说些什么。二是翠姨接下来平静地笑着，这是翠姨惯常的模样，安静内敛。但接下来她说的话中，有许多可以琢磨的地方：翠姨先是向"我"的母亲——自己的姐姐表达了感谢，这一份感谢，看似是感谢"我"的母亲让堂哥来看望自己，实则是旁敲侧击地感谢堂哥，因为前文有提到"母亲晓得他们年轻人是很拘泥的，或者不好意思去看翠姨，也或者翠姨是很想看他的，他们好久不能看见了。同时翠姨不愿意出嫁，母亲很久地就在心里猜疑着他们了"[①]。当翠姨说"她待我也许没有什么，但是我觉得已经太好了"的时候，其实不是"我"的母亲待翠姨没有什么，而是"我"的堂哥也许待翠姨没有什么，但是翠姨已经觉得太好了。三是翠姨紧接着又说了对她而言更为直言心意的话："我现在也不知道为什么，心里只想死得快一点就好，多活一天也是多余的"。这是翠姨内心真

---

① 萧红.萧红全集：小城三月.武汉：华中科技大学出版社，2015：416.

实的想法，也带有一丝赌气的成分——这是只有在爱人的面前才说出的话，她是说出来给堂哥听的，仿佛在说：因为爱你的这份情感，我只想死得快一点，你既然不清楚我的内心，而我现在又被病痛缠身，只有死亡或许能了结这样的局面。翠姨是了解自己的："我的脾气总是，不从心的事，我不愿意……这个脾气把我折磨到今天了……可是我怎能从心呢……"脾气就是翠姨的性格，充满隔膜而不够直白，从心的事便是袒露和直接，这两种矛盾在翠姨身上并存而不可调和。最后，翠姨说："我的心里安静，而且我求的我都得到了"。这便是最大的痛苦的"谎言"，翠姨并没有得到想要的，内心也不曾安静。当然，最值得感叹的是，翠姨临终前做出这样一大段充满矛盾的"辩白"，在走向袒露心迹的时候又不断退缩和躲掩，"我"的堂哥只是"茫然地不知道说什么"。

翠姨爱情和生命的悲剧能找到根源吗？是谁造成了最终悲剧的结局呢？对于翠姨的爱情，阻力似乎并不完全来自家族。这是因为，"我"家已经算是非常开明的了，男孩女孩可以在一起玩耍，也都上过新式学堂。"叔叔和哥哥他们都到北京和哈尔滨那些大地方去读书了，他们开了不少的眼界，回到家里来，大讲他们那里都男孩子和女孩子同学。"[1] "我"的母亲还表

---

[1] 萧红.萧红全集：小城三月.武汉：华中科技大学出版社，2015：404.

示："要是翠姨一定不愿意出嫁，那也是可以的，假如他们当我说。""他们"无疑指翠姨同堂哥。而翠姨与堂哥的恋爱，甚至是连"我"都能感受到的。翠姨同堂哥之间的恋爱关系虽未挑明，却也是明显的。当然，造成翠姨悲剧命运的也绝不仅仅是她的性格和脾性。她常"一个人站在短篱前面，向着远远的哈尔滨市影痴望着"，尤其在恋上堂哥后，她梳头"梳得更慢，一边梳头一边在思量"。她甚至"自觉地觉得自己的命运不会好的。现在翠姨自己已经订了婚，是一个人的未婚妻。二则她是出了嫁的寡妇的女儿，她自己一天把这背了不知有多少遍，她记得清清楚楚"①。但翠姨也曾勇敢地表达自己想要念书的想法，这在她看来是靠近堂哥这样的新式青年的必不可少的方式。

那么，究竟是什么最终造成了翠姨的悲剧？小说中的每一个环节或者每一个人物都不必对此负根本责任，但每一个环节和每一个人物都与此有推卸不掉的关系。最根本的原因，则是来自半新半旧的时代，这是一个文化尚且不稳固、旧传统被动摇、新传统未确立的时代，这样的文化时空是错位的、游移的、矛盾的。这样的时代一方面促进着新人的成长，一方面也加速着了旧人的腐朽。更为重要的是，它催生了许多半新半旧

---

① 萧红.萧红全集：小城三月.武汉：华中科技大学出版社，2015：401，411，413.

的人和他们无可避免的悲剧命运。翠姨真的有改写人生的机会吗？翠姨把恋爱的事实袒露给所有人，就真的能收获爱情吗？必定是不可以的，因为在翠姨自己就有难以突围的新旧交织的痛苦，更毋言袒露之后，她必定面对的强大的传统。从这一点来看，"我"的堂哥也不是完全的新式青年，他虽然接受过新式教育、穿西装、读新书，显得彬彬有礼，但实际上，翠姨是犹豫和扭捏的，"我"的堂哥何尝不是呢？他甚至最终无法清楚辨别翠姨的死是不可避免的，甚至自己无意识地参与了翠姨的死亡。

为何说《小城三月》是萧红最深刻也是最根本的自传？因为对半新不旧社会中生存的痛感体会最深刻的就是萧红本人，萧红的生命中有一种来自时代的深刻的孤独。事实上，《小城三月》中的"我"并非萧红，翠姨这个"他者"更接近于萧红，萧红是用第一人称的方式写了一个第三视角的自己。翠姨的命运对时代而言，只是一个微不足道的悲剧；翠姨的死于时代而言，只是一种司空见惯的死亡。但对于当时那个时代的每一个翠姨而言，这都是巨大的难以承受的生命之重，是不可化解的人生悲剧走向。在小说的尾声中，春天依旧到来，该买衣服的姑娘们依旧坐上马车结伴而行，只是路上不见翠姨的马车。今年不见这个"翠姨"的马车，明年或可见下一个"翠姨"的马车。时代的病症对萧红而言是无解的，心境的荒凉和

灵魂的孤寂是这个时代的人共同要承受的历史"责任"。于是，在《小城三月》中，我们无法找到一个根本的可以归咎的对象，我们甚至只能埋怨"孤独"本身。

孤独是萧红生命最深切的体验，也是《小城三月》言说的旨归。当萧红在生命的最后关头，写下《小城三月》时，她的笔下还是不免有那么多与世界和解的温馨，但她也始终未放弃与时代和解不了的苦闷和沉重。她离家出走的孤独、四处漂泊的孤独、被弃旅馆的孤独、远渡日本的孤独，甚至是在寻找自己人生爱情路上遭遇的孤独，最终都写进了《小城三月》。萧红给予了翠姨充满诗性的悲凉悼亡，更表达和寄托了自身的精神认同。端木蕻良曾回忆："《小城三月》的确是一篇十分成熟的作品，是在她心中早已形成了的，构思得烂熟于心了才下笔的。翠姨，是她十分钟爱和看重的艺术形象。小说四五天就写完，交给我拿去发表的时候，萧红特意让我给画两幅插图，她先给好了构思：一幅画的是呼兰河大地上马车在雪中飞驰；一幅是翠姨姑娘充满憧憬地望着江对岸的哈尔滨。我画好，她看了挺满意，都采用了，马车在奔跑的那一幅还曾作为书的封面。（张注：指的是《时代文学》的封面）"①。

20世纪40年代，革命文学和抗战文艺的发展，给中国现代

---

① 张国祯.访端木蕻良谈萧红后期创作.现代中文学刊，2021（6）.

文学注入了另一种叙事精神。然而在这个时候，萧红写下的还是真实存在于当时社会中的人与时代无法和解的孤独。"什么最痛苦，说不出的痛苦最痛苦。"①萧红关注的还是"大概是十五年前的"故事，她在回望什么？回望自己刚从家庭中逃离出的人生？回望东北大地上读着新书但是依旧挣扎在痛苦中的女性？回望自己的暗影？也许，在《小城三月》中，翠姨痛苦地笑了笑，但是很安静地说"我求的我都得到了"，是翠姨在安慰自己，也是萧红在努力让自己释然，最终借悼亡翠姨，提前祭奠自己不久于世的生命。

【我来品说】

> 1.《小城三月》中的翠姨和萧红是否有相似之处？如果有，相似的地方在哪里？
>
> 2. 请品味一下《小城三月》中含蓄的语言和独特的叙事节奏。

---

① 萧红.萧红全集：八月天.武汉：华中科技大学出版社，2015：35.

第五章

刹那却永恒的芳华

．．．．．．．．．．．．．．．．．．．．．　导 读　．．．．．．．．．．．．．．．．．．．．．

　　萧红行迹匆匆地走完了短暂的一生。前几章，我们将萧红的人
生与文学进行了梳理。在这一章，我们放上同时代的人与后来的研
究者们对萧红的回忆和评述，这些他者的文字和言语，或许能为我
们再照见一个更加丰满和立体的萧红。

1911年，萧红出生在呼兰河边，1942年1月12日，日军占领香港，萧红病情加重，被送到香港跑马地养和医院进行医治，却被医生误诊为喉瘤，进行了喉管手术，萧红身体更加衰弱。1月18日，端木蕻良和骆宾基将萧红转入玛丽医院，在这里，萧红写下"我将与蓝天碧水永处，留下那半部《红楼》给别人写了"[1]。1942年1月22日，萧红在浅水湾边离世。31年的人生，萧红至此走完。对于热爱文学的人来说，"萧红"这两个字无疑有着巨大的影响力和感染力；对于热爱萧红的人来说，这个名字也许在他们的心中有着不可估量的地位。萧红，是一个时代文学的标志之一，是一个时代女性精神的代表。更重要的是，萧红的文学书写的苦难与困境，时刻提醒着我们要不断思考自身的存在，也要关注无穷的远方、无尽的人们的生存。在萧红的文学中，我们有一个更博大的胸怀和开阔的视野，有更深沉的眼光和悲悯。

---

　　① 汪兆骞.民国清流：大师们的抗战时代.北京：现代出版社，2017：267.

鲁迅等人的记录

　　鲁迅对于萧红而言，是人生和创作道路上无法绕过的关键人物，鲁迅既是文学导师，又是人生导师。1934年10月，二萧在青岛时就曾与上海的鲁迅通信，表达他们文学创作上的主张和理念。二萧还将《生死场》的原稿和《跋涉》，连着他们在离开哈尔滨之前刚照的照片寄给过鲁迅。1934年，二萧来到上海，和鲁迅有了进一步的接触。11月30日，二萧首次和鲁迅会面。12月19日，鲁迅又举办了一次宴请，一共九人参加，包括鲁迅、许广平、周海婴、茅盾、聂绀弩、周颖（聂绀弩夫人）、叶紫、萧军和萧红。萧军后来回忆道："回想起来，鲁迅先生当时这次请客的真实目的和意义是很分明的：在名义上是为了庆祝H夫妻儿子的满月，实质上却是为了我们这对青年人，从遥远的东北故乡来到上海，人地生疏，会有孤独寂寞之感，特为我们介绍了几位在上海的左翼作家朋友，使我们有所来往，对我们在各方面有所帮助；同时大概也担心我这个体性鲁莽的人，不明白当时上海的政治、社会环境……的危险和恶劣，直冲蛮闯可能会招致出'祸事'来，所以特地指派了叶紫做我们的'向导'和'监护人'……。仅从这一次宴会的措施，可以充分显示了这位伟大的人，具有伟大灵魂的人，伟大胸怀的人……对于后一代的青年人，对于一个青年文艺工作者是表现了多么深刻的关心，付出了多么大的热情和挚爱啊！"[①] 同样的意思在许广平的文章中也曾表达过："流亡到来的两颗倔强的心，生疏、落寞，用作欢迎；热情、希望，换不来宿食。这境遇，如果延长得过久，是可怕地必然会销蚀了他们的。因此，为了给他们介绍可以接谈的朋友，在鲁迅先生邀请的一个宴会里，我们又相见了。"[②]

1933年10月3日，萧红与萧军的小说、散文、诗歌合集《跋涉》自费在五画印刷社（哈尔滨）印刷出版，署名悄吟、三郎合著，收入了悄吟五篇作品和一首小诗，收入了三郎六篇作品及一篇《书后》。《跋涉》是东北沦陷后第一本文学创作专集，引起东北文坛注意，二人被誉为"黑暗现实中两颗闪闪发亮的明星"。

---

① 萧军.鲁迅书简.上海：上海人民出版社，2016：179-180.
② 许广平.忆萧红//许广平.我与鲁迅.南京：江苏凤凰文艺出版社，2019：184.

1937年，许广平、萧红、萧军、
周海婴于鲁迅墓前合影

1935年，在鲁迅的推荐和支持下，萧红的小说《生死场》作为"奴隶丛书"之三，由上海容光书局出版，这也是她首次使用"萧红"这个笔名。小说一问世，便震动了上海文艺界。某种程度上而言，鲁迅在面对东北作家群时，最欣赏的还是萧红。萧红对苦难的体认和描写，是鲁迅极其欣赏的，更为重要的是，鲁迅与萧红在性格和文学天赋上存在着相似性。萧红曾说："只有鲁迅才安慰着两个漂泊的灵魂。"[1]1936年，鲁迅去世后，萧红写了长达一万多字的《回忆鲁迅先生》，至今仍是回忆鲁迅文章中出色和独特的一篇，刻画了鲜活而真实的鲁迅形象。

许广平差不多是与鲁迅同时接触到萧红的。1935年之后，萧红常往许广平与鲁迅家中谈天写作。许广平在《忆萧红》和《再忆萧红》中回忆了与萧红交往的点滴。1934年12月19日，二萧与鲁迅等友人的聚会，也出现在许广平的回忆文字中：

---

① 李鸿谷. 中国群星闪耀时：时代风云中大文人的命运流转. 北京：现代出版社，2019：202.

大约一九三四年的某天，阴霾的天空吹送着冷寂的歌调，在一个咖啡室里我们初次会着两个北方来的不甘做奴隶者。他们爽朗的话声把阴霾吹散了；生之执著、战闹、喜悦，时常写在脸面和音响中，是那么自然、便随，毫不费力，像用手轻轻拉开窗幔，接受可爱的阳光进来。

从此我们多了两个朋友：萧红和萧军。①

许广平对二萧的文学气质感受颇深——"不甘做奴隶者"。当时的萧红"中等身材，白皙，相当健康的体格，具有满洲姑娘特殊的稍稍扁平的后脑，爱笑，无邪的天真，是她的特色"②。在萧军的笔下，特别记述了许广平与萧红一见相知的画面："许广平先生对于萧红犹如多年不见的'故友'一般，表现了女性特有的热情和亲切，竟一臂把她拦抱过去，海婴也掺在了中间，她们竟走向另外一个房间去了……"③第一次见到萧红时，萧红随身带着的两只核桃和一对小棒槌（萧红的祖父留下来的）都送给了鲁迅的儿子海婴，许广平称这些是"患难中的随身伴侣，或传家宝"④。赤诚而天真的萧红第一次见到鲁迅

① 许广平.忆萧红//许广平.我与鲁迅.南京：江苏凤凰文艺出版社，2019：184.

② 同①185.

③ 萧军.萧军全集：第9卷.北京：华夏出版社，2008：83.

④ 同①185.

及其家人朋友，坦率而真挚。之后，鲁迅一家与萧红便成了时常见面的朋友。有时，萧红会说起她在北平女师大附中读书、从家逃离、一路流亡的经历。许广平还曾记录了一件小事，让我们看到一个勇敢、英武而侠义的萧红：

追忆萧红先生，我还亲眼看到她的一件侠义行为，那是为了鹿地亘先生方面的。据我们简单的知道：鹿地先生在日本的时候，确曾为了"左"倾嫌疑而被捕过，后来终于保释，是因为的确有消过毒的把握，否则绝不可能被日本军阀政府释放的。如同送过传染病医院去的人，倘使身体还在发热，是绝对不可能出院的，必然一切都没有问题了，这才放出。但是在日本政府的严密的、不放心的监视之下，就是释放了也还是不容易生活的罢，因此迫得鹿地先生随着剧团当一名杂役，四处走码头流浪到上海来。究竟以大学毕业生而当剧团的杂役是可惜的，被内山完造先生发现了，从剧团里拔出来，介绍他和鲁迅先生见面，由鲁迅先生代选些中国作家著作给他翻译，替他校正，再由内山先生给介绍到日本改造社出版。以此因缘，鹿地先生和萧红先生等认识了。及到鲁迅先生逝世，为了翻译《大鲁迅全集》日译本，在限定的短期间内出书，需要随时请人校正的方便起见，鹿地先生夫妇由北四川路搬到法租界来住，那时大约是一九三七年的春天。到了同年的八月，两国间的关系非常紧张的时候，在"八·一三"的前几天，鹿地先生夫妇又搬回到北四川路去了，这是应当的，因为他还是日本人，在四周全是中国人的地方太显突出了。但是意外地，过了两天他们又到法租界我的寓里来，诉说回去之后自国人都向他们戒严，当做间谍看待，那是有性命之忧的，因此迫得又走出了。然而茫茫租界，房子退了，战争爆发了，写稿换米既不可能，食宿两途都无法解决。这是为翻译鲁迅先生著作而无意中受到的苦难，没有法子，尽我的微力罢，因此请鹿氏夫妇留住下来。以两国人的立场，一同领略无情的炮火飞扬，而鹿地先生们是同情我们的，却是整天潜伏在楼上的一角。战争的严重性一天天在增重，两国人的界限也一天天更分明，谣言我寓里是容留二三十人的一个机关，迫使我不得不把鹿地先生们送到旅舍。他们寸步不敢移动，周围全是监视的人们，没有一个中国的友人敢和他们见面。这时候，唯一敢于探视的就是萧红和刘军两先生，尤以萧先生是女性，出入更较方便，这样使得鹿地先生们方便许多。也就是说，在患难生死临头之际，萧红先生是置之度外地为朋友奔走，超乎利害之外的正义感弥漫着她的心头，在这里我们看到她却并不软弱，而益见其坚毅不拔，是极端发扬中国固有道德，为朋友急难的弥足珍贵的精神。①

---

① 许广平.追忆萧红//章海宁.萧红印象·记忆.哈尔滨：黑龙江大学出版社，2011：12.

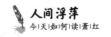

　　这或许就是萧红作为东北作家骨子里的血性和仗义。萧红在个人情感上虽然时常迷路而彷徨，但是面对朋友，则有着清醒的理智和十足的勇气，令人敬佩。对于萧红的创作，许广平是这样评价的："总之，生活的磨折，转而使她走到文化领域里大踱步起来，然而也为了生活的磨折，摧残了她在文化领域的更广大的成就。这是无可补偿的损失！到现时为止，走出象牙之塔的写作，在女作家方面，像她的造诣，现在看来也还是不可多得的。如果不是在香港，在抗战炮火之下偷活的话，给她一个比较安定、舒适的生活，在写作上也许更有成功。"[1]萧红的一生对于她的文学创作的天赋和能力来说，太过迅速和短暂。在许广平的笔下，得见两位文学女性的惺惺相惜，许广平是了解萧红的性格和创作的。

　　1934年12月的聚会，萧红与聂绀弩夫妇第一次见面。此后，在上海的生活与创作中，二萧与聂绀弩夫妇也多有来往。1937年上海沦陷后，聂绀弩在武汉见到了萧红，他们被胡风邀请参与杂志《七月》的编写、参与《七月》的座谈会。1938年，萧红与聂绀弩先后来到山西临汾，担任山西临汾民族革命大学的文艺指导员。随后，聂绀弩、萧红等人选择随丁玲的西

---

　　[1] 许广平.追忆萧红//章海宁.萧红印象·记忆.哈尔滨：黑龙江大学出版社，2011：12.

北战地服务团去西安，萧军则选择留下。临别时，萧军还曾向聂绀弩托付照顾萧红，也向聂绀弩袒露了"他不要萧红做妻子"的想法。从上海到武汉，从武汉到临汾，从临汾到西安，一路的内撤，萧红与聂绀弩等友人结下了更加深厚的情谊，聂绀弩不仅见证了离开上海之后的萧红一路的人生经历，更是萧红在文学创作上的知音。1946年，聂绀弩写下了《在西安》一文，描绘了他所看见和经历的萧红的情感生活，文章的一开头有两句诗："何人绘得萧红影，坐断青天一缕霞。"1951年，聂绀弩在香港特地到萧红墓，写下了一首词《浣溪沙·扫萧红墓（在香港浅水湾）》：

> 浅水湾头浪未平，
>
> 秃柯树上鸟嘤鸣，
>
> 海涯时有缕云生。
>
> 欲织繁花为锦绣，
>
> 已伤冻雨过清明，
>
> 琴台曲老不堪听。[1]

---

[1] 聂绀弩.浣溪沙·扫萧红墓（在香港浅水湾）// 方瞳.聂绀弩旧体诗新编.广州：花城出版社，2017：489.

1938年1月，萧红、萧军和聂绀弩、艾青、田间、端木蕻良等人应民族大学副校长李公朴之邀，离开武汉，到山西临汾民族革命大学担任文艺指导员。2月，临汾形势紧张，萧红、端木蕻良随丁玲率领的西北战地服务团来到西安。4月，萧红与端木蕻良一起回到武汉。5月，两人在武汉结婚。

香港浅水湾萧红墓，摄于1942年

聂绀弩用哀婉的心绪留下了这些悼念萧红的文字。1981年，人民文学出版社出版《萧红选集》。作为萧红生前的挚友，聂绀弩写了《萧红选集》的序言，他追述早年与萧红的友谊，肯定了萧红的文学成就。

1936年10月，鲁迅先生去世。1937年8月，上海沦陷，萧红与萧军在炮火中到达武昌与汉口，友人罗荪与萧红曾在武汉有过一段时间的来往。当时，武汉刚遭到大轰炸，城里很混乱，四处人心惶惶。当时，还未来得及撤离的一些文化人常聚在一起，萧红就是在这时与罗荪认识的，罗荪这样描述萧红："餐后，往往是闲谈，萧红独自吸着烟，她非常健谈，常常谈到她的许多计划和幻想。'人们要为着一种理想而生活着。'她使烟雾散漫在自己的面前，好像有着一种神秘的憧憬，增加着她的幻想。'即使是日常生活上很琐细的小事，也应该有理想。'"[1]1938年1月，二萧离开汉口，2月到达山西临汾民族革命大学担任文艺指导员，在这里，萧红遇见了西北战地服务团团长丁玲。丁玲比萧红大七岁，在文学创作方面也比萧红更早在文坛崭露头角。丁玲这样回忆第一次见到萧红的场景：

萧红和我认识的时候，是在一九三八年春初。那时山西还很冷，很久生活在军旅之中，习惯于粗犷的我，骤睹着她的苍白的脸，紧紧闭着的嘴唇，敏捷的动作和神经质的笑声，使我觉得很特别，而唤起许多回忆，但她的说话是很自然而直率的。我很奇怪作为一个作家的她，为什么会那样少于世故，大概女人都容易保有纯洁和幻想，或者也就同时显得有些稚嫩和软弱的缘故吧。但我们都很亲切，彼此并不感觉到有什么孤僻的性格。我们都尽情地在一块儿唱歌，每夜谈到很晚才睡觉。当然我们之中在思想上，在感情上，在性格上都不是没有差异，然而彼此都能理解，并不会因为不同意见或不同嗜好而争吵，而揶揄。接着是她随同我们一道去西安，我们在西安住完

① 罗荪.忆萧红//彭放，晓川.百年诞辰忆萧红.哈尔滨：北方文艺出版社，2011：327.

了一个春天。我们痛饮过，我们也同度过风雨之夕，我们也互相倾诉。①

　　萧红到香港之后，就不复与曾经的友人重逢。柳亚子曾在香港与端木蕻良、萧红有过几次来往。柳亚子后来听闻萧红离世，以深切的哀痛之情写下了《记萧红女士》，文章是以文言传记为体，更多哀韵古致。"香岛既陷，余间关返故国，途次曲江，初闻女士病殁噩耗，犹弗忍置信。及抵桂林，重晤端木君，始知事有不可掩覆者。嗟夫，天地不仁，万物刍狗：以女士掀天之意气，盖世之才华，而疾病困之，忧患中之，致令奄然长往，一瞑不视，宁非人世之大哀欤！兴言及此，叹息弥殷已。"②作家靳以在《悼萧红》中写下："在我所知道的她的生涯中，就这样填满了苦痛。如今她把苦痛留在人间，自己悄悄地走了，应该这苦痛更多地留在那两个男人的身上。可是他们，谁能为她而真心而哭呢？我想更深地记得她的还该是那些在生活上和她有相当距离的人。"③萧红去世后，许多友人纷纷

---

　　① 丁玲.风雨中忆萧红//丁玲全集：第5集.石家庄：河北人民出版社，2001：135-136.

　　② 柳亚子.记萧红女士//王观泉.怀念萧红.北京：东方出版社，2011：120.

　　③ 靳以.悼萧红//彭放，晓川.百年诞辰忆萧红.哈尔滨：北方文艺出版社，2011：333.

写下悼文，追忆萧红生前的经历和创作，有的文章颇多涉及萧红的生活细节，有的文章更加侧重萧红的文学，但这些文字共同饱含着对萧红深切的情谊和缅怀。

家人朋友们的回忆

　　萧红从19岁离开家乡，从此再未回到东北故土。从萧红家人、同学后来回忆东北作家群的追述中，可以为我们展现一个早些时候的萧红模样，那时，萧红年纪尚轻，自己的人生也才刚刚开启。

　　萧红的弟弟张秀琢回忆说："（萧红）她刚满二十岁就离开了家，而且一去不复返。她不但倔强而且刚强，生活上遇到多大困难，她也不愿向任何人求助；思想上遇到多大压力，她也不肯向任何力量屈服，她的整个生平充满着战斗性。"[①] 张秀琢在对萧红的回忆中，用"充满着战斗性"来形容萧红，他看到了萧红总是勇于反抗的一面。事实上，萧红心中还充满了反抗带来的情感和现实上的苦难，这是张秀琢难以感同身受的。在萧红的弟弟之中，与她感情最好的还是小她四岁的张秀珂。弟弟张秀珂与萧红是一母所生，后来生母去世后，她和弟弟在

　　① 张秀琢.重读《呼兰河传》回忆姐姐萧红//王观泉.怀念萧红.北京：东方出版社，2011：41.

面对继母的进门、与继母的生活中，有着相似的感受和复杂的情感。萧红离家出走后，曾在哈尔滨街头遇见过张秀珂，这在她的散文《初冬》中有过详细的记录。我们熟悉的是萧红与祖父的深挚感情，但事实上，萧红在胞弟张秀珂身上也倾注了作为亲人的关爱。在萧红记述的与胞弟的交往中，也可见萧红对亲情和亲人的一种温和热切的态度。萧红在1941年9月20日发表在《大公报》副刊《文艺》上的《"九一八"致弟弟书》中写到自己离家后，曾有一段时间与弟弟有些"生疏"，因为离家时，弟弟才十三四岁，还是顽皮的样子，萧红在信中说："我就总记着，那顽皮的孩子是你，会写了这样的信的，会说这样的话的，哪能够是你。比方说——生活在这边，前途是没有希望，等等……这是什么人给我的信，我看了非常的生疏，又非常的新鲜，但心里边都不表示什么同情，因为我总有一个印象，你晓得什么，你小孩子，所以我回你的信的时候，总是愿意说一些空话，问一问家里的樱桃树这几年结樱桃多少？红玫瑰依旧开花否？或者是看门的大白狗怎样了？关于你的回信，说祖父的坟头上长了一棵小树。在这样的话里，我才体味到这信是弟弟写给我的。"[1] 看到萧红在《"九一八"致弟弟书》中的这段话，萧红的性格、萧红与弟弟的情感，似乎都有了微

---

[1] 萧红.萧红全集：八月天.武汉：华中科技大学出版社，2015：220-221.

妙的暗示。在时代倾覆的大背景之下，萧红与弟弟在断断续续中保持着书信往来，虽然萧红觉得弟弟似乎是无法真正而全面理解自己的，但姐弟之间的情感又是温和的、动人的；直到萧红看到弟弟的来信中写道"祖父的坟头上长了一棵小树"，姐弟二人童年的共同回忆与长大后各自的漂泊又让二人心灵上有了高度的互通和共鸣。萧红最后在上海与弟弟分别，"不多时就'七七'事变，很快你就决定了，到西北去，做抗日军去。你走的那天晚上，满天都是星，就像幼年我们在黄瓜架下捉着虫子的那样的夜，那样黑黑的夜，那样飞着萤虫的夜"[①]。萧红的这封信，有许多微小的因子让人不禁潸然泪下。

萧红胞弟张秀珂

对萧红早些年的经历，还有些散见于其在哈尔滨读书时的同学的回忆文字中。1927年，同萧红一同考入哈尔滨东省特别区区立第一女子中学，并且做了三年初中同学的沈玉贤，在1933年最后见了萧红一面，她回忆道："二十二岁的萧红已经历尽人间艰辛，在生活和爱情的道路上受尽了

---

① 萧红.萧红全集：八月天.武汉：华中科技大学出版社，2015：224.

折磨。"①她还回忆了当初美术老师高仰山先生布置的毕业前最后一幅静物写生图画，班上的同学或者选择蔬菜、瓜果、花卉，或者是瓶瓶罐罐作为写生绘画的内容，萧红却从外面搬来一块石头，借来了老更夫的烟袋与烟荷包——在萧红的油画上画着一块灰褐色的石头，旁边放着一支黑杆的短烟袋和一个黑布的烟袋荷包，名为"劳动者的恩物"，显得与众不同，画下面的标签处写着"初中第四班张迺莹"。萧红的眼光和志趣从这一小细节便可窥得一二。另外一位萧红的同学刘俊民回忆在中学课堂上，萧红总是捧着小说偷偷读，有时老师走到了身旁都还不知道。这些读书生活的细节，让人感受到一个活泼又沉静的萧红形象。她的同学李洁吾说："她的面部表情总是冷漠的，但又现出点天真和稚气；她的眉宇间，时常流露出东北姑娘所特有的那种刚烈、豪爽的气概，给人一种凛然不可侵犯的庄严感。""她没有一点娇柔作态的女人气，总是以一个'大'的姿态和别人站在平等的地位上。"②李洁吾在北京时曾多次与萧红见面，他对萧红是带有同情的理解的，他似乎也更能读懂萧红骨子里带有的东北的特性——雪般的性格，坚硬而

---

① 沈玉贤.回忆萧红//章海宁.萧红印象·记忆.哈尔滨：黑龙江大学出版社，2011：182.

② 晓川，彭放.萧红研究七十年：1911年—2011年：下.哈尔滨：北方文艺出版社，2011：319.

抗争。

在对萧红的回忆中,东北作家群的文字更能从人生和创作两个维度来看待萧红。在九一八事变后,一群从东北流亡到关内的文学青年自发地开始进行文学创作,他们的作品以抗战后东北人民的悲惨遭遇为主要内容,表达了对侵略者的仇恨、对故土的怀念及强烈的爱国情怀。他们的作品往往带有东北的民俗风情,具有粗犷宏大的艺术特色,因此被称为"东北作家群",主要以萧军、萧红、舒群、端木蕻良、白朗、罗烽、穆木天等为代表。

萧红与白朗、罗烽等人的友情可追溯到20世纪30年代。1932年夏,哈尔滨发大水,萧红趁机逃出旅馆找到萧军后并与其生活在一起。当时,罗烽是中共北满省委候补委员和哈尔滨东区区委宣传委员(哈尔滨分东、西两区)。他和西区宣委金剑啸负责领导北满革命文艺运动,团结一大批左翼文学青年进行文艺创作,他们先后在长春《大同报》和哈尔滨《国际协报》创办大型文艺周刊《夜哨》和《文艺》,同时还通过组织抗日文艺团体"星星剧团"扩大抗战文艺的影响。萧军、萧红、白朗、舒群、金人等都是这些活动的中坚人物。

白朗原名刘莉,爱人罗烽是当时中国共产党地下党员。1933年,萧红与白朗相识于哈尔滨,当时萧红的处女作《王阿嫂的死》发表在《国际协报》的副刊《国际公园》上,白朗此时正是《国际协报》的编辑。1934年3月，萧红与萧军逃亡到青岛，1934年11月，二萧去到上海。1935年，白朗和罗烽从大连辗转来到上海，投奔萧红和萧军。当时，这四个年轻人就像当初在哈尔滨一样，挤在一间小房子里。到了9月中旬，白朗和罗烽搬到美华里亭子间，和后赶来的舒群住在一起。1937年，上海沦陷后，左翼作家纷纷南撤，白朗和婆婆则去武汉投奔舅舅；9月，二萧也从上海来到武汉。1938年，战火逼近武汉，白朗辗转去了重庆，二萧则去了山西临汾。之后，萧红随丁玲的西北战地服务团去了西安。4月，萧红与端木蕻良一同返回武汉，没待多久，端木蕻良和萧红前后脚来到重庆，萧红无助之中去投奔了在江津的白朗。1938年，萧红与白朗在重庆分别，萧红去了香港，之后二人有通信来往，但至萧红去世，二人再未相见。

萧红与白朗性情相投，年龄又相近，同为东北人，对文艺写作都十分热心，两人结识近十年。从东北南下流亡到投身抗日救亡的热潮中，白朗在很大程度上见证了萧红的人生历程，并且作为女性朋友，最大限度上给予了萧红同情的理解。1942年4月8日，白朗在延安惊悉萧红因贫病客死异乡的消息，悲痛之余奋笔疾书《遥祭——纪念知友萧红》一文，4月10日便完成。文中说："红是一个神经质的聪明人，她有着超人的才气，我尤其敬爱她那种既温柔又爽朗的性格，和那颗忠于事业忠于爱情的心；但我却不大喜欢她那太能忍让的'美德'，这也许正是她的弱点。红是很少把她的隐痛向我诉说的，慢慢地，我检验出来了；她的真挚的爱人的热情没有得到真挚的答报，相反的，正常常遭到无情的挫伤。她的温柔和忍让没有换来体贴和恩爱，在强暴者面前只显得无能和懦弱。"①白朗在《遥祭》中的无限哀痛和伤感见诸笔端。白朗同为动荡年代经历过一番痛苦挣扎的人，她和萧红从同一片土地开始流亡，两人见证了彼此生命的坎坷和情感的痛苦。"几年来，大家都在到处流亡，我和红也还能到处相遇。每次看到她，在我们的促膝密语中，我总感觉到她内心的忧郁逐渐深沉了。好像有一个不幸的未来在那里等着她……"②白朗无疑是深刻地懂得萧红的人，所以她说萧红"神经质"，因为萧红敏感；但萧红又是聪明的，因为萧红的文学创作。和萧红相比，白朗更加坚韧、更加果断，因此她也更懂萧红在情感上的脆弱给萧红自己带来了多大多深的痛苦。

在这里还要提到两位在萧红生命的后半程有过痕迹的东北作家，一位是端木蕻良，一位是骆宾基。端木蕻良曾陪伴萧红从武汉去重庆直至香港，骆宾基则是萧红去世时唯一在她身

① 白朗.遥祭：纪念知友萧红//章海宁.萧红印象·记忆.哈尔滨：黑龙江大学出版社，2011：77.
② 同①78.

旁的人。骆宾基对端木蕻良的评价很不好，二人对萧红的记述也有些理解上的差异。在这里对两人回忆萧红的文字做一些摘录，这些也是我们理解萧红人生和文学的重要参考文字。端木蕻良在《萧红和创作》开头留下了这样一句话——"创作，是萧红的'宗教'"①。这篇文章极短，它不追踪萧红创作的历程，也不分析萧红的特点，只是用一些小事来说明，萧红对创作是极为看重的。萧红是信仰文学的，把它看作一种救赎。端木蕻良在理解文学之于萧红的意义上，是很懂萧红的。骆宾基写过一篇《萧红小论》，"少女时代的萧红先生就以勇者的姿态向社会思想的封建力抗拒了，最初她背叛了她的大地主家庭。那大地主家庭，就是这社会思想的封建力的一个具体，无数具体中的一个有力的据点，她反抗它，也正是反抗那抽象的社会思想的封建。虽然她没有和整个的进步社会思想的主流连接，虽然她是把这一战斗看做是个人与家庭的问题，然而也正由于此，她向那被她当做孤立的、不是社会封建的整体的一部分的封建家庭宣战，而且是获胜了，就是说没有被俘，她得到了解放。这也就是进步的社会思想力的一个个别战斗的胜利。她是果敢而坚毅的。在《初冬》那一篇散文里，我们可以看到这勇

---

① 端木蕻良.萧红和创作//端木蕻良文集.北京：北京出版社，2009：363.

者的姿态"①。对于萧红当年离家出走，在骆宾基看来，是用个体反抗的方式向整个代表封建落后的家庭宣战，萧红这一"个别战斗的胜利"正是整个社会进步的一个重要分子。骆宾基在对萧红人生的整体性回顾中，颇具文学性地刻画了许多他未曾亲历的画面，对于传记来说，文学色彩更浓厚一些。骆宾基也更多是以文学后辈的视角来写萧红的一生，有敬仰和崇敬，但视角难免受到限制，情感也无法达到真挚而温切的状态。

---

① 骆宾基.萧红小论：纪念萧红逝世四周年 // 王观泉.怀念萧红.北京：东方出版社，2011：183.

后来者们的研究

对萧红人生经历的考察和作品的探讨，也成为当代作家和学者关注的重点，他们不仅在文学表达上留下对萧红细致的体认和感受，也在文学研究中不断靠近历史中萧红真实的模样。

当代许多知名作家留下了他们对萧红的感受和怀念。无论是文学创作还是人生经历，萧红有太多可供思考的话题。和萧红同来自黑龙江的当代女作家迟子建对萧红有这样的描述："萧红一九一一年出生在呼兰河畔，旧中国的苦难和她个人情感生活的波折，让她饱尝艰辛，一生颠沛流离，可她的笔却始终饱蘸深情，气贯长虹……萧红本来就是一片广袤而葳蕤的原野。"[①]中国当代女作家盛可以这样写到萧红："一些优秀的作家面对生活总是低能，萧红便是其中之一。说实话，从她的情感线性上，我看不出她的独立性，她对男人的依附，是纯普通女人的，意志最强大的女人，怀孕也会将她推至软弱无力的境

---

① 迟子建.云烟过客.杭州：浙江文艺出版社，2016：47.

地，因为她无法逃离自身。"①盛可以对萧红的评价是恰当的，我们不应以"她是一个优秀作家，因而生活中便无软弱与瑕疵"的标准来要求萧红，生活的诸多坎坷更不妨碍她成为一位优秀的作家。也正是在作家生活和作家创作的对照与互看中，我们更能靠近人类生活的本质。刘心武曾经说起萧红的魅力："我一直觉得实在神秘：怎么萧红竟有那么大的魅力，能把这三位都绝非庸常之辈的男士，即使历经了那么多的社会风云，甚至在穿越炼狱后，仍能丝毫不减对她的挚爱，甚至可以说是崇拜？而且，这份如同对待女神般的真爱，还能渗透到他们后来的家庭，究竟秘密何在？"②刘心武为我们抛出了一个很好的问题，但回到萧红生活的时代，萧红的魅力更多是来自文学赋予她的——她自身的文学气质与杰出的文学创作，因为"真正的人，真正的作家是忘不掉的"③。当代学者王小妮曾把萧红的《生死场》和《呼兰河传》进行过对照，认为这是萧红最初和最后的两部作品，共同浸润着萧红身上背负的深重苦难。"借力，可能是一个真正作家超越时代最好的方式。以萧红为例，

---

① 盛可以.女人的天空是低的.文艺争鸣，2011（5）.

② 刘心武.萧红的魅力//章海宁.萧红印象·记忆.哈尔滨：黑龙江大学出版社，2011：351.

③ 张抗抗.在北方，有一棵仙人树//章海宁.萧红印象·记忆.哈尔滨：黑龙江大学出版社，2011：359.

她遭遇了强加的婚姻、父权夫权的绝对霸虐、离乡、流亡、病痛、情感纠葛、战乱流亡……所有这些，超负荷地合力压抑着她，同时也塑造着她。从一切苦难中获得超越的力量，凝结成自己作品的本真品质，这是每一个写作者都能面对的美妙可能，但把这可能变成现实千般万般地不容易。是苦难与内心的合谋，协助萧红成为了一个真正的写作者，而不是成为某一个时代的符号。"①

曾将《生死场》改编为话剧的导演田沁鑫这样回忆："我常常在冥想中和萧红沟通。在我的眼里，她一直就是24岁的样子，傻呵呵的。……我喜欢她的散文和小说，她的文字那样的稚拙，童心盎然，不雕琢，不做作。"停留在田沁鑫眼里的萧红，就是24岁完成《生死场》的样子。也正是改编的话剧《生死场》，在2000年初，为萧红进入21世纪中国读者的视野铺垫了当代性的表意方式。在田沁鑫的叙述中，可以看到她对《生死场》的解读——以一种现代性的电影叙事或舞台叙事的方式，认为萧红在20世纪30年代就实现了创作手法的创新，这种创新的创作手法在今天看来，也是十分突出的。

在萧红墓前有过沉思的梁羽生曾有感慨："那时候萧红墓上还有一株独柯的树，现在则连这株独柯的树也已被人斩去，坟

① 王小妮.萧红写了两部生死场 // 章海宁.萧红印象·记忆.哈尔滨：黑龙江大学出版社，2011：460.

地也给填平，只剩野草芊芊，杂垢遍地了。行过浅水湾头，又有谁知脚底下就埋有天才女作家的慧骨？"著名汉学家、萧红海外研究学者葛浩文曾到萧红的故里和墓地，追寻萧红的印记，"萧红的墓与其他唯一不同的一点是遗像不是照片，而是1957年迁葬时候香港报纸上所刊登的炭画"，在遗像下面刻着四行字：

> 女作家萧红同志之墓
> 一九一一年生于黑龙江省呼兰县
> 一九四二年卒于香港原葬香港浅水湾
> 一九五七年八月十五日迁骨灰安葬于银河公墓[①]

葛浩文在萧红的墓前站立了20多分钟，沉默不言，他说就像1937年萧红回国在鲁迅墓前那样。我们在葛浩文的叙述中，不禁去怀想和追问：在生死间隔之中，沉默而肃立的时间，究竟实现了怎样的灵魂上的对话？我们知道的是，萧红已经静默不语了，留下文学作品继续说话，而后来者的心中定有千言万语的思绪，留给自己回味。

有人拿萧红和丁玲对比，和张爱玲对比，甚至和冰心对

---

① 葛浩文.访萧红故里、墓地始末//彭放，晓川.百年诞辰忆萧红.哈尔滨：北方文艺出版社，2011：379.

比。通过这些对比，其实是为了更好地去确认——确认萧红的独特性和唯一性。日本研究萧红的专家平石淑子曾认为：就萧红和丁玲来看，萧红更加专注于文学本身；和张爱玲相比，萧红的文学的原创性、文学的源头性某种程度上比张爱玲更高。[①]萧红的一生可以用"顺"和"不顺"两个词来概括。不顺的是萧红一生多舛的命运。"顺"不是顺利的意思，而是顺从——顺从萧红的天性。萧红是一个不善于思虑长远的人，儿童的直觉和本能伴随着萧红的一生，即便这样的天性给她带来了情感上的困境和多舛。萧红一生都是在顺遂着她的性格流动，跟随着性格的本能去经历和创作。萧红留给我们的远远比现在我们得到的更多。

【我来品说】

1. 在所有回忆萧红的描述中，你印象最深刻、觉得最独特的是哪一个？为什么？

2. 如果你来写一篇回忆萧红的文章，你会写下什么？

———

① 平石淑子.萧红作品的魅力：一个外国读者看萧红.学习与探索，2011（3）.

第 六 章

从未有过黄金时代

-------------------------- 导 读 --------------------------

　　1936年，萧红在日本休养时曾说："自由和舒适，平静和安闲，经济一点也不压迫，这真是黄金时代，是在笼子过的！""黄金时代"是萧红对人生极致的反讽。事实上，萧红的一生从未有过黄金时代。什么是黄金时代呢？什么又是一个人的黄金时代呢？这是萧红给每个人提出的思考问题。如果非要说萧红与这四个字有什么关系的话，只能说，文学是萧红的黄金时代。

女性的天空是低的

　　"是这迷惘的人间迷惘了我"，萧红曾在去世前留下这样一句话。理解了这句话，也就理解了萧红对人生的体悟和感受，以及萧红对自我的认知。人世间给了萧红接二连三的打击和苦难。尽管萧红时有孩童般的天真，产生过对生活细微快乐的满足，但整体而言，萧红是质问人生和命运的，是发问者，是不甘者。而萧红是否知道，自己可以拯救自己？只要不沉溺于那些脆弱而变幻的情感，只要自己向自己伸出了蜕变之手，或许能克敌制胜，让这迷惘的人间刮目相看。她是否知道？她是知道的，知道自己的迷惘，但她不可能自我拯救，那样就不是萧红了。因此，萧红对自己人生的历程，内心充满了"恨"，既有痛恨，也有遗憾，还有面对不可选择和拯救的人生的无奈。

　　萧红的"恨"，首先是愤恨和痛恨。萧红是有深邃思考力和敏锐感受力的大作家，在她的心中有着一个对理想社会、理想世界的建构标准，她呼唤纯粹和大爱的追求，只是残酷的现

实总是剥夺她天真的想法，有时甚至会给她惨痛的教训。萧红痛恨无情的父母，痛恨习惯抛弃的男人，同样也痛恨始终妄图征服女性的大男子主义者。萧红还痛恨帝国主义的侵略，痛恨家乡的沦陷，痛恨流离失所的人生。破碎的时代同样也使萧红心中的期待破碎，她仿佛是婴儿般，以稚嫩的皮肤和骨架去面对粗糙的现实和风沙般的人生。这样成长起来的萧红，内心依旧保持着未曾健康长大的婴儿灵魂，外表却生长出了不合时宜的老茧。婴儿的灵魂让萧红随性生活，并承担因随性生活而遭受的打击和抛弃，萧红便用她粗粝的外壳去接受这一切，萧红就是这样走完了自己的一生。

萧红的"恨"，还有无限绵长的遗憾。生活总是给萧红十重打击，再放她走一段平缓的道路。萧红走过短暂的平缓，紧接着继续迎接意想不到的苦难。在那段相对平缓的道路上时，萧红体会过祖父的慈爱、《国际协报》的拯救、鲁迅的赏识、朋友的宽慰，但这些又怎能抵消萧红惨痛的经历呢？或者说，萧红寻求外在的人生宽慰来拯救灰暗的人生旅程，本身就是一种冒险和稚嫩的行为。人生只能"自渡"，何来时时刻刻的外在的"上帝"呢？于是，这些短暂的平缓和疗愈，成为萧红人生回味的遗憾，它们使得萧红不是彻头彻尾的苦难激进分子，而偶尔有舒缓，意味深长。

萧军曾说萧红"单纯、淳厚、倔强，有才能"，这样的评价是很中肯的。萧军理解萧红，但没有彻底真正地理解，更没有因为理解而去调适自己的行为，毕竟在萧红那里，是把萧军看得很重的。萧红自比《红楼梦》里的痴丫头——香菱，也知道自己天真，甚至有时过分天真，不懂人情世故，更不懂在人情世故中周旋。萧红是一个依赖性很强的人，同时她的骨子里又有一种朴素的力道。单纯和倔强，让萧红不会转变自己的性格，她的才能让她因为性格受过的伤成为文学。文学弥补了萧红情感上的遗憾、人生的苦难。我们可以试想，当年萧红写下那些文学作品时，在其中投射了多少自我的处境、自我的纠结、自我的不甘？而当萧红完成创作的时候，她获得了多少宽慰？文学对于萧红来说，是否才是永远不会抛弃她的救命稻草？萧红有沉溺痛苦的"能力"和陷入痛苦的"追求"。痛苦和苦难对于萧红来说，既是诱惑又是想要极力摆脱的对象，是她的人生，也是她的文学。

在萧红故居有一座孤单的萧红雕像。这座雕像位于一排房屋的前面，冬天四周一片雪白，单衣薄衫的"萧红"，手上捧着一本书，坐在冰冷的巨石上托腮凝思。这座雕像的蓝本是1931年萧红在北京的样子，因而"萧红"的面庞还是20岁的样子，但她的神态却融进了萧红31年的人生：在哈尔滨经历过的寒冷与饥饿，在青岛与萧军相伴的岁月，在上海与鲁迅相处的时光，辗转多地最终在香港去世的寂寥……在面对这尊雕像时，你能感受到穿越时空的孤独和寒冷，能感受到萧红灵魂的力量透过时间抵达现在。我们不断去追问阅读萧红的意义，其实，不仅在于阅读，如果有机会，去萧红漂泊过的城市走一走，去萧红留过人生印记的地方看一看，或许会更能读懂萧红的文学。

人类高耸入云的灵魂必定有一个广漠的大自然背景。萧红也是这样。萧红与东北的自然气候是连在一起的，与东北土地上的风雪是连在一起的。东北的冰雪既与童话相关，也和寒冷密切，这便是萧红独特创作风格的两面，也可以说萧红的创作是"冰雪"式的书写，既像冰雪般剔透诗意，也如冰雪般彻透刺骨。萧红是靠直觉和本能行事的人，而不是靠清醒的理智和充分的思虑。某种程度上，萧红终生都活在童年里。萧红的天性其实是很开朗的，很容易快乐，这一点和张爱玲不一样。张爱玲是属于思虑过重的人，她预先设定了一场人生悲剧，冷眼旁观；而萧红是对人生保有热切期望的人，尽管她屡次失败、屡次被放置于血淋淋的惨淡的现实中来。就像萧红早些年的友人李洁吾回忆到的那样——"她的感情丰富而深沉，思想锐敏并有独立的见解；她富于理想，耽于幻想，总好像时时沉迷在自己的向往之中，还有些任性。这，大概就是她的弱点吧！"或许我们不能用性格的弱点来总结萧红的性格特质，但萧红的性格的确如此。

电影《萧红》的结尾处有这样一个镜头：病重的萧红不停咳嗽，却非要抽一支烟，照顾她的骆宾基实在劝不了，只好出门去买打火机。这时，空无一人的医院里，萧红独自躺在病床上，嘴里叼着未点燃的香烟，仰着头看着从窗外透进的光束，就这么看着。她在看什么呢？想什么呢？她弥留之际的内心翻涌过什么呢？萧红是孑然一身的，始终是茕茕孑立、形单影只，那些看似路过萧红生命的人，留下些声响、笑泪的人，缥缈如轻烟，他们只当是路过，便走了，只有萧红还不时回味这些人来时的样子和去时的决然。有人说："她是走在路上想家的、一俟回了家又想上路的那种人，一句话，她是'生活在别处'的人。对于这样的人来说，安定、幸福都是一些抽象的词汇，是他们赴汤蹈火、飞蛾扑火、怎么求都求不来的词汇，慢慢地，它就变成了哲学的词汇。"①

---

① 魏微.悲惨的人生，温暖的写作：写给萧红百年诞辰.文艺争鸣，2011（3）.

对萧红的误读

自20世纪80年代以来，国内外出版的萧红作品版本不下200余种，其中仅仅《呼兰河传》从作品出版至今，国内外已经有60多个版本。而萧红的传记和传记小说，公开出版的有80余部，数量也很惊人。尤其在2011年，萧红100周年诞辰时，学术界与大众对萧红的关注又进了一步。在2014年前后，随着有关萧红的各类电影的拍摄，萧红一度在文艺市场上走红，大众对这样一位离经叛道又才华卓越的女作家有了更多的好奇。但是随之而来的，是大众对萧红关注重点的不合时宜的倾斜与误读。

萧红广泛地被人知道和了解，离不开一部电影，这就是2014年许鞍华导演拍摄的电影《黄金时代》。"黄金时代"四个字源于萧红1936年11月19日从日本东京写给萧军的一封书信：

窗上洒满着白月的当儿，我愿意关了灯，坐下来沉默一些时候，就在这沉默中，忽然像有警钟似的来到我的心上："这不就是我的黄金时代吗？此刻。"于是我摸着桌布，回身摸着藤椅的边沿，而后把手举到面前，模模糊糊的，但确认定这是自己的手，而后再看到那单细的窗棂上去。是的，自己就在日本。自由和舒适，平静和安闲，经济一点也不压迫，这真是黄金时代，是在笼子过的。从此我又想到了别的，什么事来到我这里就不对了，也不是时候了。对于自己的平安，显然是有些不惯，所以又爱这平安，又怕这平安。[①]

　　但萧红所说的"黄金时代"真的属于她吗？显然不是。我们如果由此轻易地认为萧红可以两次怀着别人的孩子跟另一个男人走，即是"自由""空阔"，那真是太轻侮一代人的痛苦了。"黄金时代"从哪个角度讲都不能体现萧红的本质。萧红也从未有过"黄金时代"。历史上的萧红没有电影中的"萧红"们那么靓丽，却比她们复杂、丰富、深沉，特别是比她们痛苦。事实上，苦难才是萧红生命和文学的底色。写苦难的作家很多，萧红写的苦难有什么独特的地方呢？萧红的苦难还要加上几个字，就是自己的苦难。一个把文学与自我、把苦难与自我经历结合得这么好的作家是不多的，特别是萧红只活了短短的31年。

　　一部《黄金时代》无法展现真实的萧红。电影总是过于注

──────────

　　① 萧红.萧红全集：八月天.武汉：华中科技大学出版社，2015：163-164.

重萧红的情感变换和传奇经历，而忽视了其个人遭际和文学创作的互文关系，或者说，忽视了萧红之所以能成为萧红的最本质的东西：文学创作。大众传媒对萧红的文学始终无法实现全面而深刻的正解，大家更关注的往往还是她离经叛道的人生。这部电影看似是文艺片，实际上却非常市场化，尤其它刻意靠近当下男女情感市场的需求，这有失偏颇。电影以萧红的感情作为主线，写了萧红和五个男人的情感纠葛，分别是与萧红私奔的表哥、被萧红退婚的未婚夫汪恩甲、萧红的第一任丈夫萧军、萧红的第二任丈夫端木蕻良和陪伴萧红度过生命最后时光的骆宾基。在《黄金时代》里，萧红与萧军等人的情感关系也成了言情小说式的多角恋。萧红的情感是影片一个重要的卖点，这是电影市场的逻辑，这不是文学和美学的逻辑。就像萧红本人所说："我写的那些东西，以后还会不会有人看？但是我知道，我的绯闻，将会永远流传。"[1]权威传记《漂泊者萧红》的作者林贤治，对萧红的故事被搬上大银幕并不乐观："萧红一生颠沛流离，跟男人的关系很复杂，电影肯定落在大众感兴趣的点上，而容易忽略一个作家最本质的地方。"[2]林贤治一语中的。萧红首先是一位作家，最重要的也是一位作家，这在电影

---

[1] 李樯.黄金时代.北京：北京联合出版公司，2014：212.
[2] 周南焱.民国女作家：被走红与被误读.（2014-10-09）［2023-07-10］.www.chinawriter.com.cn/2014/2014-10-09/220563.html.

里哪里表现出来了呢？

萧红一生，命运坎坷：逃婚，被家族开除族籍，复杂而纠葛的感情，在战乱年代颠沛流离，最终凄凉死去。萧红一生的苦难，都具有终生的创伤性，因而在萧红的笔下，她对粗糙而残酷的生存现实、难以为继的生活现状和粗鄙卑微的灵魂有着深入的体察和感受。

萧红活在作品里。只有拥有了广大读者，才算是走近了大众。"黄金时代"无疑是一个噱头，它既隐约传达出萧红文艺人生的故事性，似乎又假借了民国的风流与风华，这非常符合文艺片的设置形式。但影片把大众对一位现代文学史上的女作家的认知，牵引到一个情感旋涡中，它更能激起人们的窥探欲望，却遮蔽了萧红文学的异样光彩。于是，人们更多关注的是萧红的人生经历，尤其是现在看来令人感到惊讶的几段情感经历。萧红的婚姻情感史富有戏剧性，也引来更多渲染与误读——有的把萧红的爱情与婚姻当作解读当下男女关系的切入点，有的像讲故事一般流于市井闲谈。但事实上，萧红面临的生存困境、女性困境，是一个时代的社会问题，是一个时代的情感症结，它绝不是萧红的"风流韵事"！人民文学出版社编辑刘稚感叹：现在有关萧红的传记很多，但不少传记都在渲染萧红和男人们的爱情，弄得萧红像一位滥情的女性。

萧红进入大众通俗文化领域之后，她的真实面貌往往被

遮蔽了，她所处的时代环境和困境遭遇也因疏离而变得较为模糊，和现在的大众产生了隔膜。真正要了解萧红，荧幕上的、媒体上的都不是真正而完全的她。了解萧红，是要从她亲手写下的文字中去发现的。我们要去文学作品中看萧红，而不是从荧幕上看萧红，荧幕上的萧红有挥之不去的资本的泡沫和变动的大众想象。

理解萧红，首先要理解她的文学。萧红之所以能够写下那些极富画面感的文字，是因为她是一个敏锐的、直接的生活的观察者与记录者。她对呼兰河、哈尔滨、青岛的邻人、马车夫、乞丐、使女观察极细，描摹极真。同时，她自己也在经历各种苦难、面对人生的挑战。理解萧红还需要理解那个时代的精神和氛围，当时一切都在不断被打破的过程中，实验性、冒险性、颠覆性和未完成性的社会容不下她对安稳和平淡的追寻，这是当时时代的一种整体倾向。当我们把自身每一个细胞投进当时时代的氛围后，这样去看待的时候，萧红身上的"话题"才能得到正视。

波伏娃说："女人的处境使她很容易通过文学艺术去寻求拯救。由于生活在男性世界的边缘，她不是根据其一般形式，而是根据她的特殊观点来观察……她无法专注于现实，于是她用言语来对它表示抗议。她通过自然去寻找她灵魂的形象，她希望获得她的存在——但她注定会受挫，她只有在想象领域才能够将它恢复。"①萧红便是这样，她未曾在外界世界找到一个实在的、永恒的可依靠的对象，但是她在文学中获得了情感的释放和寄托。如果脱离了作品去读萧红，脱离了时代去看萧红，我们只能停留在萧红的人生"传奇"上津津乐道，永远无法理解这种"传奇"背后的苦涩和荒凉——而那才是萧红真正的价值和意义。

① 波伏娃.第二性：全译本.陶铁柱,译.2版.北京：中国书籍出版社，2004：744.

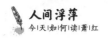
萧红何以成为"现象"

用时下的话来说，"萧红"这个名字本身就自带"流量"。关注中国文学，尤其是中国现代文学的读者，对萧红一定不陌生，无论是萧红的《生死场》被改编为剧本走上舞台，抑或是围绕着萧红自己的人生出产的电影等，都让"萧红"这个名字对很多读者而言不陌生，甚至充满了"话题性"。那么，萧红究竟何以成为一种当下的"文化现象"，为何今天的人们还热衷说起"萧红"这个名字，热衷说起"我不能决定怎么生，怎么死，但我可以决定怎样爱，怎样活"（电影《黄金时代》中的台词）这样一些话语？当我们翻阅过萧红的人生和作品，我们就能找到自己的答案。

萧红的名字是与文学紧紧联系在一起的。萧红的作品是文学经典，具有超越时空的精神力量和审美意义。纪念创作者最好的方式，就是去读他们的作品。当我们持续不断地阅读、探讨、思考那些作品时，他们就一直生活在我们身边。谈起萧红作品中耳熟能详的句子，有人会想起"在乡村，人和动物一起忙着生，忙着死"①；或者是"女人的天空是低的，羽翼是稀薄的，而身边的累赘又是笨重的"②。但是，也许最接近萧红自己生命体验的，应该是《沙粒》中的一句"我的胸中积满了沙石，因此我所想望着的：只是旷野，高山和飞鸟"③。胸中积满的沙石与不肯放弃对旷野的遥望，或许是萧红一生备受桎梏的现实境况与遥不可及但始终不肯放弃的某种坚守。就像萧军描述他在东兴顺旅馆第一次见到萧红的景象：在现实中，她被囚禁在封闭的陋室，举目无亲，遭受着怀孕和饥饿的痛苦；而在精神上，她仍拥有一个自由超然的国度，她作画、素描、写字并渴望读书。萧红是无法归类的，她不可替代，也不能重复。她的文字自带光芒，听上去很幼稚，但是又特别传神。她的绝大多数散文都可以作为她的自叙传来认知。但是，她的小说不是这样的，她的小说带有非常明显的民间色彩、草根特点，非常的悲悯。那些很小、很卑微的人，在萧红笔下，在她的心血里，在她的爱和同情里。

萧红用短暂的人生留下了丰厚的文学作品，这是萧红依旧

---

① 萧红.萧红全集：呼兰河传.武汉：华中科技大学出版社，2015：64.

② 骆宾基.萧红小传.哈尔滨：北方文艺出版社，1987：73.

③ 萧红.萧红全集：八月天.武汉：华中科技大学出版社，2015：29.

具有当下意义的根本所在。短暂的人生具有的传奇性让大众对萧红生发了兴趣，但最终征服读者的还是萧红的文学作品。萧红经历的所有沧桑，她所有令人瞠目的经历，无论人们在荧幕前如何观看和闲谈，都无所谓，最终留下来的还是她的作品。萧红的创作历程不长，但是她尝试的幅度很大。萧红的创作时间，算起来只有短短9年，但她留下了近百万字的作品。萧红在24岁就写出了可以传世的《生死场》。在中国现代文学史上一出手就是高峰的作家并不多，好多作家最开始创作的作品都相当稚嫩和青涩，他们需要一个成长和成熟的过程；萧红则不属于这一类。当她30岁时，更加自如和成熟的《呼兰河传》问世。德国汉学家顾彬认为，"萧红的名声姗姗来迟。她在中国文学史上所占据的巨大分量只是在现在才清楚地显露出来"①。

萧红的名字是与女性紧紧连在一起的。阅读萧红是阅读中国近现代女性，尤其是知识女性的一条必不可少的道路。萧红人生的问题和文学的问题，依旧是当下许多人、许多女性面临的困境。萧红曾这样说："我一生最大的痛苦和不幸，都是因为我是一个女人。"80多年前，萧红在爱情、婚姻、家庭、生育与个人理想、人生道路之间的摩擦，依旧是当下许多女性面临的难题，她们的精神痛苦在萧红那里得到了共鸣和纾解。作家

---

① 萧红.呼兰河传·生死场.天津：天津人民出版社，2010：208.

作品的艺术生命力，来自作家的创作才能和作品的内在底蕴，萧红的创作天赋与人格魅力支撑着萧红文学拥有广大读者。萧红不以"伟大"为书写目的，她的文学中也往往从别人不经意处落笔。萧红的文学来自她刻骨的生命体验，她是用燃烧生命的方式进行创作。萧红对作家这一身份有着深刻而清晰的认识。1938年7月，萧红在一次座谈会上说："作家不是属于某个阶级的，作家是属于人类的，是现在的，或是过去的，作家们写作的出发点是对着人类的愚昧！"①萧红认为小说应有自己的小说学。小说不应该写得像巴尔扎克一样，或者像契诃夫一样，任何一位作家都有自己的小说风格。她的小说几乎每一篇都有自己的一种风格，都有变化。而即便是生活和漂泊在战乱时期的萧红，仍旧追寻着一个属于她的文学世界，剥离了诸多社会因素、为人类而写的文学世界。

　　萧红不仅仅是一位有才气的女作家，更为重要的是，萧红在文学方面表现出来的是一种才能，带有阳刚的力度和硬度。萧红对语言的运用似乎不用思考，她顺遂自己情感的流动，凭直觉像说话一样写文章。萧红展示了一种独特人生的可能性：存在大堆的人生问题和感受，并被大堆的人生问题和感受牵着往前走，而非使用一种缜密的人生逻辑。萧红人生的动机应该

---

① 萧红.萧红谈话录（二）//萧红全集：第4卷.哈尔滨：黑龙江大学出版社，2011：460.

是自我——自我的情感和判断——而非一种可以论证的、认识的、凭借丰富的经验和理性思考后的逻辑行为。可以说，萧红具有一种革命浪漫主义的气质，这不是指20世纪30年代语境下的革命浪漫主义，而是在萧红身上体现的那个时代女性的一种革命性，以及萧红自身带有的一种极度天真的浪漫倾向。萧红的这一特点也在她的作品中得到很好展现，她不是怀着一种伟大的意识去创作，而是听从内心直觉的流动，最后变成有意义的事情。

1999年，话剧《生死场》首次排演。《生死场》的演出，创造了20世纪末的剧场演出奇迹。当时的导演田沁鑫还算是初出茅庐，她在演出排练厅竖起了一块"向现代文学致敬"的牌子，这种"致敬"不仅仅是对萧红，更是对现代文学中诸多就民族、国家和人类的本质性问题发问的作家，这种风骨在萧红那里尤为突出和明显。《生死场》首演几年后，田沁鑫第一次去了萧红的故居。田沁鑫面对萧红的雕像时说："你的小说《生死场》，改编成话剧得了许多奖、许多俗世层面的认可，这些可能不是你想要的，可我想说的是，我深刻地理解了你。我这么多年才来你家看你，你是一个漂泊的灵魂。"艺术表达的形式可能转换。《生死场》从小说到话剧，表达形式变得多样化，但是文学中蕴含的持久的艺术震撼力和强大的思想力量会穿越时空，在不同的艺术创作者之间实现共鸣；而话剧《生死场》的空前受欢迎，其底气还是来自萧红创作的《生死场》这部作品拥有持久的生命力和蓬勃的艺术能量。

在中学课本中，有一个有趣的"现象"：人们总是在讨论鲁迅的作品入选的问题。而在鲁迅作品逐渐减少的情形下，萧红的作品却渐增。小学课本节选了萧红的小说《小城三月》，初中课本节选了萧红的散文《回忆鲁迅先生》，高中课本选入了萧红的散文《饿》，等等。长篇小说《呼兰河传》，有四五篇节选文字被选入中小学语文教材，包括《火烧云》《学诗》《祖父的园子》《小团圆媳妇之死》等。萧红作品能够在成人阅读中获得极强的穿透力，同样，在青少年的阅读中也越发重要。这说明萧红作品的思想性和艺术性兼备。在中小学语文课文编选"思想内容好""语言文字美""适合教学"的标准下，以往强调的往往是萧红作品的深邃和力道；除此之外，萧红作品朴素的神韵和独特的语言风格，也是征服中小学课本的一个重要原因。但值得注意的是，萧红作品无论选择多少进入教材，始终是百里挑一，不足以构成对萧红的整体审视。阅读萧红，是要珍

1940年重庆妇女生活社出版萧红
《回忆鲁迅先生》初版书影

惜她留下的每一部文学作品，是要读整本书、看整个人。

　　人们普遍感到萧红的作品有一种不可代替的"萧红味"，这种文学气质是萧红不可替代、无人替代的重要原因。萧红作品具有的独特的艺术风格主要通过语言特色表现出来。大致同一时期的女作家中，冰心的作品诗意明丽、充满童真，丁玲的作品细腻直白、发人深省，庐隐的作品凄怆缠绵、忧郁纷呈。萧红的语言则是稚拙而明快、刚直而坚硬。萧红的第一篇小说《王阿嫂的死》在叙述中便体现出一种朴拙之气。她的成名之作《生死场》，可谓"少年老成"，显示出宏放的视野和开阔的胸襟。《生死场》的语言平直，甚至有时词语会重复回荡，这是中国其他现代作家不常有的表述方式。再如长篇小说《呼兰河传》也常使用复沓回荡的叙述方式。萧红不喜欢也不会选择张爱玲式的语言——雕琢而精致、细腻而繁复，阅读张爱玲的作品像是在欣赏一幅精心制作的波斯地毯，其精美的花纹和线条、纷呈的颜色和图像，特别吸引眼球。萧红的语言是单向度的、重复回荡的、简洁而往复的，这种表达不是经过文学训练的结果，尤其需要文学天赋的加持，否则语言就真的会流于浅白、简单甚至是幼稚；而萧红的文学语言字里行间又饶有趣味，呈现稚拙而富有灵气的语言意境。

　　无论萧红的作品如何，萧红的本质意义还在于作家的人格境界，也就是说，萧红具有人类伟大的细腻敏感的心灵和天赋般的创作才情。萧红的创作具有高度的主体性，它依靠作家强大的精神世界和敏锐的感知力来进行。萧红的人格境界首先来自她对苦难的体认达到了中国现代女作家可以达到的最高高度。萧红是与笔下的人物共同经历悲欢离合和生死存亡的。对于人生的肃杀和生存的荒凉，萧红是有着本质性感受与思考的，萧红是深刻体味到"两间余一卒，荷戟独彷徨"的作家。电影《萧红》中有这样一段话："也许，不是每个人都能拯救世界，也不是每个人都有条件创造未来，但是为苦难的世界担当情感痛苦，却应该是一个作家的情感追求。我写苦难，就是希望苦难的现实能够改变。"

1937年10月，天津《大公报》刊登了诸多回忆纪念鲁迅的文章，并于11月1日第四版上登载了一篇与萧红有关的"本报特写"，题目是《最近来汉的四位女作家缩写 萧红 白朗 子冈 彭慧》，其中这样记录萧红："我预料着：这位呼兰河上，年纪才二十六岁的叛逆女性，假如中国能把这段艰苦的路程渡过去，使她能安心写作，她一定能在民族解放后的中国文坛上，再开出一朵灿烂的花！"①然而几年后，萧红的生命悄然陨落，再回想起同时代这样的评价，不禁让人感到一些悲伤。萧红的人格魅力还体现在她对写作立场的坚守，具有超越时代的价值。对

---

① 袁权.新近发现的"萧红日记"//郭娟.《新文学史料》东北流亡文学史料研究汇编.沈阳：春风文艺出版社，2020：158.

萧红的研究从左翼文学、启蒙文学、女性意识、儿童视角、宗教、悲剧美学等多角度被不断阐释和发掘，与其从这些角度来认识萧红，不如说萧红创造了一种理解和表达的体式。

经典文学是人类各种情感、思考和文明的积淀。人类不能没有文学。没有了文学，人类就没有了叙事、抒情和说明的能力；离开了文学，很大程度上就离开了对人生和命运的思考。文学，让个体的、孤独的人与无尽的、广漠的人群连在一起；文学，让有限的、单线的人生与无限的、绵延的人类历史连在一起。文学的目的是开阔，让人看到人生的多样、苦难的深度。我们不仅要读萧红的作品，更要读古今中外经典作家的各种经典作品。"经典"是历史经验、文化秩序、思想意识与美学价值的集中显现和标杆所在，代表着人类在审美和哲思上的高度。我们现在沉醉在科技进步的便利中，甚至有些时候不能自拔，各种视听语言向我们袭来，这时候回过头去再看看无声的文学，或许能获得开启心灵的新的方式。文学中细腻入微的情感、震撼人心的场景和巨大的思考力与想象力，昭示了人类精神世界丰富的价值。

萧红的名字是紧紧与苦难联系在一起的。命运对萧红的人生是不公的，但同时命运又给了萧红最大的公平，这便是萧红的文学。在某种程度上说，萧红是用人生去交换了文学。阅读萧红，就是阅读一部20世纪中国人的生存史、苦难史；阅读萧红，就是阅读萧红的苦难，阅读真正的饥饿和寒冷，思考萧红对苦难的思考，同时也思考萧红对苦难的超越。萧红是一个什么样的人？萧红是一位一旦你走近她，了解她，看过她的文字，读过她的一些故事，你就会心生悲戚、陷入沉思的作家。萧红的作品不是缓慢悠长的哀伤，而是一种带有呐喊式的悲痛，为萧红短暂的一生而悲叹，是扼腕叹息，是追问，甚至是替她感到不甘。萧红的文学让我们仿佛穿越80多年的时空，和萧红一同面对命运的寒窖。在临渊之时，我们的生命和萧红的生命连在了一起，和这个世界上依旧处于苦难中的人的命运连在了一起。

我们阅读萧红，是在阅读一片土地、一个时代的气象！

【我来品说】

1. 萧红敏感和孤独的性格体现在哪些方面？

2. 如何看待现代作家的作品和人生被搬上荧幕，获得了新的演绎？如何理解作家、文学与大众传媒之间的关系？

图书在版编目（CIP）数据

人间浮萍 ：今天如何读萧红 / 刘勇，汤晶著. --
北京 ：中国人民大学出版社，2023.10
（今天如何读经典/刘勇，李春雨主编）
ISBN 978-7-300-32149-3

Ⅰ．①人… Ⅱ．①刘… ②汤… Ⅲ．①萧红（1911-
1942）-文学研究 Ⅳ．①I206.6

中国国家版本馆CIP数据核字（2023）第172214号

今天如何读经典
刘 勇 李春雨 主编
人间浮萍：今天如何读萧红
刘 勇 汤 晶 著
Renjian Fuping: Jintian Ruhe Du Xiao Hong

出版发行	中国人民大学出版社			
社 址	北京中关村大街31号		**邮政编码**	100080
电 话	010-62511242（总编室）		010-62511770（质管部）	
	010-82501766（邮购部）		010-62514148（门市部）	
	010-62515195（发行公司）		010-62515275（盗版举报）	
网 址	http://www.crup.com.cn			
经 销	新华书店			
印 刷	天津中印联印务有限公司			
开 本	890mm×1240mm 1/32		**版 次**	2023年10月第1版
印 张	5.75插页1		**印 次**	2023年10月第1次印刷
字 数	102 000		**定 价**	36.00元